한티재, 꽃 피다

한티재, 꽃 피다

지은이 · 김덕현
펴낸이 · 유재영
펴낸곳 · 주식회사 동학사

1판 1쇄 · 2021년 10월 22일
출판등록 · 1987년 11월 27일 제10-149

주소 · 04083 서울 마포구 토정로53 (합정동)
전화 · 324-6130, 324-6131 | 팩스 · 324-6135
E-메일 | dhsbook@hanmail.net
홈페이지 | www.donghaksa.co.kr
www.green-home.co.kr

ISBN 978-89-7190-793-1 03810

김덕현 시조집

한티재, 꽃 피다

Sijo Poems by Kim Duck Hyun

동학사

■ 시인의 말

팔공산 북녘으로 길게 누운 한티재, 추억 속의 한티재는 외진 설매실에서 도회지로 향하는 통로이자 문명과 차단된 성곽이기도 했다. 한티재에 막힌 설매실은 떠나고 싶은 공간이기도 했고 생존을 위한 터전이기도 했다. 유년시절 그 너머 세상은 늘 동경의 대상이었다.

시간은 많은 것을 가르쳐 주었다.

누구나 가슴속에 한티재 하나씩을 품고 살아가는 것을, 그것이 인생이라는 것을 배웠다. 우리가 마주한 팍팍한 현실이 그 고개가 되기도 하고, 그리운 이를 만나러 가는 설렘의 공간이 한티재일 수 있다는 사실도 깨달았다.

기쁨과 슬픔, 만남과 헤어짐, 어울림과 혼자됨이 한티재라는 이름으로 우리 앞을 가로막지만, 삶 그 자체가 꽃이 되는 행복한 여정이었으면 하는 바람이다. 오늘도 인생의 고개를 넘는 모든 분들께 응원의 박수를, 꽃 피는 한티재를 바라보는 모든 이에게 시조 한 편을 드린다.

– 2021년 가을

심 덕 현

한티재, 꽃 피다 김덕현 시조집

01

추억하는 한티재

02

그리운 한티재 아래 사람들

03

바람은 스미고, 구름은 머무는데

04

또 피어, 꽃물 드는데

05

한티재 너머,
길에게 말을 걸다

01

추억하는 한티재

꿈꾸는 한티재

내 유년
추억들이

굽이치며 달려가는 곳

초록 기쁨
넘실거리는

꽃 피기 전 봄 능선처럼

뛰뛰는
가슴 있어라

한티재가 있어라

설매실 첫눈

고독한
귓불에 스민
입김인가 속삭임인가

사락사락
부르는 소리
너 일 듯, 너였으면 할 때

야심한
꿈길을 딛고
내 등 뒤에 눕는 숨결

고독한
설매실 마을
나를 찾은 그대여

눈 뜨면
내 온 머릿속
잊어질 사랑인데

하이얀
말줄임표만
쌓여가는 이 밤은

설매꽃 마을, 매곡리

설매꽃 마을 매곡리엔
피지 않는 꽃 있었다
봄에도 찾을 수 없는 차마 피지 못하는 꽃
어느새
녹아 잊혀진
꽃송이가 있었다

설매꽃 피는 매곡리엔
영글지 않은 열매 있었다
바알간 능금향에도 취하지 못한 순수 결정
익어도
품을 수 없는
찬 알갱이 있었다

눈매화 마을 매곡리엔
한겨울에만 핀 꽃 있었다
청솔잎에 눈송이들이 다독다독 이웃된 날
골마다
맑게 안기는
설매화가 있었다

그 해 겨울

눈매화골 설매곡리 팔백십이 번지 안채
문 열고 나앉으니 하늘과 땅 흰 빛이었지
눈꽃이 피어나는 밤, 그 적막에 혼자였지

큰어른이 떠난 자리 마을 인심 멀어지고
당당했던 재실 지붕 흰 눈 녹는 아침나절
기우뚱, 하루가 겨운 어깨 처진 추녀마루

마당 풀도 허기져 흰 눈 덮고 누운 겨울
한티재 바라보며 혼자 앓다 떠나온 지금
뒤란 길, 울던 바람은 누가 지금 달랠까

사과나무 전정

팔공산 골바람에
설매꽃이 녹을 무렵
전정가위 손맛 들여 사과 전지 한창이다
잘려진
가지 처치는
과수원집 맏아들 몫

가지마다 잎눈 꽃눈
남녘 봄을 기다리다
피우지 못할 꿈을 접고, 비장하게 잘리는 날
삶이란
수용이란 걸
그는 알고 있었을까

잘려나간 분신들이
묶여지는 쓸쓸한 봄
말 없는 가지 단을 안고 또 안으면서
참말로
품어야 할 것을
그는 정녕 알았을까

그날 밤 나는

– 누에치기 농사에 대한 기억

방 아랫목 보금자리
생명의 씨, 누에 알 하나
꿈에서 깨자마자, 봄비처럼 사각사각

가만히, 살피어 가며
뽕잎 갉는 이른 아침

해거름 창문 너머
산 뽕잎이 짙은 날
이제는 승화의 시간, 이것은 나의 숙명
네 번째 꿈에서 나온
누에 다짐 들었지

청솔가지 꺾어 세운
제단 위에 몸을 뉘어
욕망의 실을 뱉어 고치솜을 지을 때 난

베갯잇, 씨앗을 안고
그렁그렁 뒤척였지

복숭아꽃 사랑

– 스무 살, 복숭아 농사에 대한 추억

천상의 정령일까
연분홍 날개 나풀나풀
분분히 날린 그녀에게 꽃바람을 맞은 건지
난 이미, 복숭아밭의 사랑꾼이 되었지

온 밭은 도화 물결
탐스런 미소 띤 얼굴
붉히며 익어가는 도화살桃花煞 맞은 살내음
네 숨결
닿기만 해도
흠씬 취하던 한낮 햇살

보송한 잔털이 곱던 칠월 어느 여름날
수밀도 가슴을 감싸 차편에 실어 보내고
몇 푼의 지폐를 챙겨
터덜터덜 돌아온 밤

그날 밤 난, 뜨겁게 욕망하는 내 살갗과
칠성시장 청과점 좌판에 앉을 그녀 생각에
온몸을
긁고 부비며
빈 술잔을 채웠었지

들경바위 전설

상평마을 세모산은
어린 눈엔 세모꼴

마을 지맥 끊긴다고
어르신들 하나같이

수북히
곡식 퍼담는
밀개산이라 불렀지

밀개산 돌 들경*에
돌덩이가 구른 날엔

마을 어른 한 사람씩
별이 되어 떠난다니

---

* 들경은 크고 작은 바윗돌이 모여 이루어진 널찍한 산비탈을 뜻하는 경상 방언이다. 들경에 돌덩이 구르는 소리가 들리면 마을사람들이 한 사람씩 죽는다는 전설이 전하고 있다.

울 엄니
꽃상여 탈까
숨죽이던 까만 밤

산 뿌리째 울리던
까차골 늑대 울음

소름조차 성그렇던
유년 전설도 이젠

채석장
돌 깨는 소리에
시름시름 앓고 있다

상평마을 저수지

상평 귓골, 오숫골엔
엄마 가슴 달려 있다

철 따라 흐르는 물
고이고이 불러들여
수밀도, 젖가슴 풀어
들녘에게 물렸지

젖 떼자 품을 떠난
배내옷이 서러울 때
실핏줄처럼 터지던
겨울 못에 찬별 조각

한밤내 눈물로 데운
호반 위에 시린 달빛

저릿한 날갯짓에
잎잎이 자란 새벽이슬
꽃나비 날아 젖 내음이
온 들판을 덮는 봄

오늘은
엄마 젖 불어
낙동으로 흐르겠네

스무 살의 성숙

찬 겨울밤 장독대엔 달빛 눈물 어룽어룽
큰주인 떠난 사랑채도 번데기로 웅크린 밤
갓 스물, 총각 시름에 젖어드는 설매실

심지 않은 꽃씨지만 멋진 꽃을 피울 거야
넘실넘실 꽃을 키울 푸른 들판 궁리할 때
떡 하니, 둘러 막아선 눈발에 언 한티재

한숨짓는 한티 보며 고목처럼 섰다 문득
꽃씨를 품으려면, 내 마음 밭 데워야지
어느새 엿들은 햇살 섬돌 위에 앉는 아침

둠벙

희망을 길어내는
숙명으로 태어났나

여름 볕살 따갑고
벼 잎 끝이 허기들 때

생명수
감로수 흘려
나누어서 고픈 삶

논밭전지 마를 때면
둠벙 채워 찰랑찰랑

고래 품은 꿈 해몽을
아직 믿는 그 모습

가만히
정화수 떠서
두 손 모은 어매 기도

설매실 느티 정자

설매실 앞
느티 한 그루
삼백 년 풍상 겪고

닥지닥지 세월 딱지
온 몸통에 달고 있네

발밑에
이끼 자리도
넉넉하게 내어 주며

정월 보름 신목으로
칭칭 감긴 왼 새끼줄

마을 인심 살펴가며
세월 무게 감당하네

등줄기
타고 오르는
넝쿨까지 품어 주며

한티숯골, 득명리

구름도 쉬어가는 팔공산 하늘 아래
바람조차 숨 고르는 한티고개 마루 턱
오롯이, 믿음을 데운
숯골마을 있었다

사랑으로 곱게 빚은 질그릇 오지그릇
그을린 채 큰 입 벌린 가마에다 집어넣고
영생의 불씨를 당긴
사람들이 있었다

유민으로 왔다가 고이 잠든 순교 성지
어두운 곳 빛을 밝힌 득명리가 있었다
옹기에, 달빛 그렁한
은혜의 땅 있었다

세월

– 아버지 제삿날 밤

한가윗날 자시子時에 그분께서 오셨다
화안한 보름달을 원광처럼 등에 지고
가만히, 도포 깃 털며
어매 밥상 받던 밤

현고처사 부군신위, 명분 법도 거드름에
제상 앞에 고개 숙인 귓등조차 민망하게
쟈들 좀, 살펴 주시고…
가슴 터진 어매 기도

함께 한 시간보다 이별이 더 긴 울 엄매
며느리 차린 제상 앞, 세월에 익은 그 음성
은은한 보름달처럼
살펴줘서 고맙다고

02

그리운 한티재 아래 사람들

한티재 신화 1

– 한티 첫 동네, 갓골마을

까마득한 그 옛날
유민으로 떠돌다가

억새풀 서걱인 날
잔솔가지 불태워

까맣게
화전 땅 일궈
솟대 하나 꽂은 이곳

팔공산도 등을 내민
한티 턱 밑 갓골마을

두런두런 이른 새벽
부챗살로 펴진 햇살

덩기덕
장구춤 덩실
능선 우쭐 흥겨운 땅

한티재 신화 2

– 기다림

누렇게 익어 부푼 황톳빛 지붕 위로
밥 짓는 굴뚝 연기 장맛비에 젖으면
한티재
산마을에도
찾아오는 까만 어둠

바람벽에 라디오
곳에 따라 비…라는
빗나간 일기예보 잠결처럼 전할 때
손톱 밑
까만 아이도
칭얼대다 잠이 들고

봇물 보러 간 아비는 이적지 오지 않고
아직도 밤이 무서운 설매실의 아낙네
타다 만
성냥개비로
호롱불만 돋우던 밤

순이 이모

동산리 우리 이모
서러운 사랑 이야기를
말벗 삼아 다가가면 어느새 한티 마루

빛바랜, 유년의 슬픔
봄꽃으로 피고 있다

꽃배 편지 띄워 놓고 한티쪽만 바라보다
창평지 퍼런 물에 몸을 맡긴 순이 이모
그녀가 사랑했던 건
한티 하늘 아니었을까

스물 둘 연애 사연 불태우던 저녁노을
그녀가 돌아간 곳
한티 노을 아니었을까

절절한, 뻐꾸기 울음
들꽃 잎도 젖어든 봄

아버지

저물녘
사청이 냇가
둑방길에 나간 오후

가다 쉬다
맴도는 물살
숨바꼭질 하다 문득

어디쯤
냇물의 근원
있을 듯만 했었지

이어질 듯 끊어질 듯
내 몸처럼 앓는 냇물

거스르던 달빛조차
어둠 속에 숨은 밤

터얼썩
물처럼 울다
정신을 놓은 어린 사슴

환한 횃불
애탄 목소리
땀에 전 아버지 등짝

꿈결인 듯
낮 부빌 때
침묵 흐른 어깨너머

손끝에
아버지 가슴
떨고 있어, 또 울었지

큰집 제삿날 밤

감나무 가지 끝에
시려 떠는 정월 달빛
고양이로 움츠려 산촌에 숨어든 밤
고단한 아버진 벌써
큰댁 향해 앞서시고

까까머리 어린 난
발끝만 보고 뒤따를 때
고무신에 밟히는 바작바작 서릿발이
한티재, 칼바람처럼
성그렇게 놀라는 밤

풀 먹인 도포 자락 퍼석퍼석 앞서 가다
장승처럼 우뚝 서서 돌아보던 아버지도
저만치, 모퉁이 돌아
타인처럼 가버렸지

유산처럼 남겨진
터잡이 할배의 손자
높디높은 담벼락 길, 주저앉고 싶을 때
텁텁한
부엉이 울음
큰댁 초롱 켜지던 밤

한밤 어른, 큰아버지

상평마을 노거수엔
그분 모습 스며 있다
흐트러짐 없는 외모, 따스하신 그 음성
잔잔한
미소가 멋진
한결같은 그분 얼굴

유일한 동생 하나
한창일 때 보내시고
큰어머니 서운토록, 지극 정성 조카 걱정
온 고을
제문에 법도
살필 일도 많았어라

어린 조카 앞세우고
행동마을 안동 내앞
도포 자락 버석버석, 멀다 않고 다니신 길
근본이
흔들려가는
세상인심 다독이며

연장은 빌릴망정
글일랑 빌지 말며
그토록 긴 세월을 문장 봉사 의례 봉사
설매실
노거수 둥치
덕행록에 새긴 그분

우기

시냇물로 내몰았던
여름 해도 식은 저녁
구름장이 몰려와서 배곯으며 기다려도
파계사
불공 가셨던
외할머니 못 오시네

살아나는 빗소리에
추녀만치 자란 어둠
장독대 양철판 소리, 가쁘게 달음질할 때
섬돌 위
강아지만이
끄응끄응 앓았었지

비에 젖고 소리에 갇힌 소년의 기다림이
흙벽 바른 신문지에 곰팡이로 피어난 밤
아으~우
소름을 키운
늑대의 긴 울음소리

설매실 명자꽃

서른한 송이 꽃들 중에
가장 먼저 별이 된 아이

가방끈 내려놓고
섬유공장 간 명자는

봉긋한
단발머리에
두 볼 붉힌 우리 친구

그가 남긴 이름이
꽃이 되어 피고 있다

열여섯에 별이 되어
꽃받침도 못 갖추고

터질 듯
붉어진 두 볼
뜨거웁게 타고 있다

시골학교 동기생

설매실 아래 첫 학교
풀잎 같은 고매 학교

건물은
트럭 모양
금세라도 떠날 듯이

졸업 날
송사에 울컥
답사는 못다 읽고

졸업식은 이별 연습
그렇게 떠난 서른한 명

지금은
한티 너머
꽃이 되고 별이 되어

꿈 실은
트럭을 타고
추억 길을 달리겠지

한티재 아이들

배꽃잎이 하얗게
비늘처럼 반짝인 날
파아란 하늘만큼 한티 그린 아이들

땅거미
내릴 때까지
함께 했던 아이들

청동빛 아린 가슴
검버섯에 녹슬어도
하나 둘 별빛처럼, 함께 모여 풀던 밤

촉촉한
옛 친구 음성
까망 눈빛 아이들

달빛 좇던 강 물결
으스름에 옷섶 잡고
파르르 시린 눈 씻던, 그날이 언제였나

그렇지,
그 밤은 바로
한티재의 봄밤이었지

우리 마을, 고 하사

어스름 해 질 무렵
고 하사가 노래한다

한 많~은 대동강아
구성진 노랫가락

정녕코
대동강 한을
자신만이 아는 듯이

샌님같은 고 하사가
해만 지면 노래한다

한 많은 노랫말을
절절하게 읊어댄다

대동강
푸른 물보다
깊은 한을 품은 듯이

가슴 시린 아픔도
하사라는 계급장도

당신만의 쓰린 사연
어쩌지 못한 깊은 한

후울훌
떨치지 못한 채
우리 곁을 떠난 봄

응달리 나목

– 신매실댁 할미와 외손녀

응달리 외딴 집에
어린 나목 보았네

저만치, 한티재 너머
엄마 떨군 여린 나목

성그런
섣달 나뭇잎
문풍지로 떠는 밤

조각달도 시름시름
등굽은 고목 보았네

오지 않는 외딸 걱정
신매실댁 할미 나목

새벽녘
시린 가슴팍
손녀 품던 그 할미

큰집 머슴, 강씨

순한 눈매, 넓은 등짝
큰집 아래채 머슴 강씨
무슨 사연 깊어선지, 서른 넘은 총각으로
큰들에
둠벙 물처럼
여러 해를 머물렀지

밤이면 좁은 방에
시골 애들 모아 놓고
한 명 한 명 불러가며, 친구처럼 대해 줬지
가끔씩
한티재 너머
세상 소식도 전해 주고

아홉 살 도회지 꿈
강씨에게서 시작되고
글보다 배경보다, 됨됨이가 중하단 걸
그때 그
유년의 소년
기억하고 있을까

그리운 님

- 김수환 추기경 생가에서

자신은 바보라며, 진정 둔한 바보라며
마음 밭에 고운 씨앗 뿌리신 분 계셨지
모두들
고맙습니다
감사하다 하시면서

자신은 옹기라며, 질박한 그릇이라며
우리에게 밥이 되어 함께 한 분 계셨지
서로들
사랑하세요
노래처럼 읊으면서

머릿속에 사랑을 가슴까지 내리는데
고희 세월 걸렸다며, 고백한 분 계셨지
사랑은
낮춤이라며
자기낮춤 보이시며

질곡의 긴 아픔을 너그럽게 품으시고
따스한 세상 위해 내미시던 당신 손길
큰 사랑
베풀고 가신
문득문득 그리운 님

한밝솔* 닮을 그대

변치 않는 푸르름
한결같이 곧은 결

청청한 하늘 빛을
오롯이 품은 당신

솔솔솔
정갈한 자태
손끝마저 모은 채

비바람, 깊은 어둠
뿌리까지 흔들린 날

푸른 솔빛 숲이 되고
굽실한 몸 울이 되어

---

* 한밝솔은 '밝은 햇살을 받는 청청한 기개(氣槪)를 가진 으뜸 소나무'를 가리킨다. 지역에서는 사람들로부터 큰 존경을 받는 인물을 말할 때 '한밝솔을 닮은 분'이라고 말한다.

대지의

따스한 기운

넉넉히 나눌 그대

03

바람은 스미고,
구름은 머무는데

첫눈은 내리는데

- 웅달리 외손녀의 기다림

처마 밑에 곶감도 분 화장을 하는 새벽
소녀의 가슴 딛고, 소록소록 눈꽃 핀다
제 홀로
떠난 어미는
소식조차 없는데

꽃 핀 날 떠난 어미 첫눈 전엔 온다더니
하늘조차 무거운 날 하얀 약속 흩날린다
고단한
아침 하늘에
분분하게 방황한다

꿈 같은 엄마 약속 솜사탕으로 부풀다
돋을볕 들 때마다 녹아내린 어린 속을
도회지
첫눈을 밟는
제 어미는 아실지

귓골 다랑논

울 할매 시집올 때
봉긋했던 가슴살이

한숨탑 기단 밑에
시나브로 녹아 내려

깊은 속
헤집어진 채
잿빛 안고 누웠다

이석증에 어지럼증
엄마 찾는 손주 울음

덜컹덜컹 쪼는 소리
등뼈까지 아린 지금

온 집안
뿔뿔이 뜨고
시루떡으로 누웠다

행복 풍향계

– 한밤마을 진동단 솟대

뾰죽한 새 부리는 내일 향해 치장하고
거친 풍파 헤치며 떨고 있는 여윈 가슴

돌솟대
기둥에 앉아
바람의 사연 들었지

그 옛날 솟대에서 내려다 본 인간사는
까치놀 파도 위에 돛단배 탄 다급함도

하얀 닻
내리고 나면
흥겨웁게 마주였지

뜬구름 갈 곳 몰라도 우리의 한밤 땅은
피던 꽃 다시 피어 그리운 이 볼 듯하면

더 이상
아쉬움 없는
오늘은 또 편서풍

화본리 고인돌

대지의
틈새 벌려
바윗덩이 하나 우뚝

햇살을 이웃 삼아
천상 업보 감당하며

천 년에
또 천 년 시간
천형처럼 버틴 세월

구릉의
살갗 부비어
밀어올린 시지프스

만남과 이별 속에
서성이는 바람 한 점

하나 둘
새벽 별 불러
또 새날을 열어 왔지

탐구 생활

– 군위 인각사지 발굴조사

말 없는 대지 속에 그 무엇이 숨어있나
일연선사 흔적 찾아 침묵의 문 밀치지만
팍팍이, 손에 닿은 건
하루치의 부토일 뿐

인각사 가람 속에 잠자는 영겁 시간
금동 반가상 하나 생존 신고 타전할 때
살포시, 황토 한 움큼
쓸어낸 손 떨고 있다

묻혀진 삶일망정 성급하게 판단 마라
나를 찾아 묵언하는 구도자로 손 모으면
깊은 밤, 언 땅에서도
진실은 만날 것을

송홧가루 날리는 도시

무르익는 봄은 정녕
솔향내를 품고 오나

검은등 뻐꾸기 울면
길 나서는 송홧가루

누렁 빛
황달로 익는
반쪽 향한 그리움

고비사막 황사 먼지
봄 하늘이 자욱한 날

님의 향기 찾아 헤맨
어두워진 도심 거리

무던히
가슴만 저민
그대 그린 그날 오후

엄마 꽃게

나는 처언천히
나아가는 존재입니다
맑은 별 하나 반짝, 물가에 떨어진 밤
조금만
눈물 삼키고
지나가는 엄마랍니다

나는 여리디 여린
순박한 존재입니다
집게 손끝 저리고 눈동자가 시어도
아린 맘
추스르면서
나아가는 엄마랍니다

나는 정녕 품으며
성숙하는 여인입니다
딱딱한 등껍질 속 애간장을 태운 날
뱃속에
알을 껴안고
숨죽이는 꽃게랍니다

별이 전하는 위로

- 메트로놈1

솟대처럼 꼿꼿이
수평선을 응시한 채

너울처럼 일렁이다
손을 놓친 음표 하나

또옥딱
안단테 리듬
안도하는 황혼 녘

저무는 빌딩 숲속
쉼표 찍을 하늘엔

까만 밤 깊을수록
반짝이는 별빛 하나

영롱한
선율에 내려
두 동공에 스미는 밤

늦은 되돌아보기 연습

- 메트로놈2

흔들리는
시계추처럼
벗지 못할 숙명인가

또옥딱
소리에 갇혀
휑하니 젖는 저녁

세월은
시간 늪에서
흑백으로 바래는데

인간사
어쩌지 못한
어김없는 반복 일상

도돌이길 똑딱이다
이제서야 돌아본다

가늘게
어깨 흔들린
네 뒷모습 머물던 곳

바코드

겉모습 하나로만 날 안다고 말하지 마
새까만 숯 막대기로 장승처럼 서 있지만
이것이, 나의 모든 걸
말해 줄 수는 없지

보이지 않는다고 부정하려 들지 마
진정한 의미는 말로 하지 않는 거래
연잎에 이슬 방울로
떨어질 곳 모르지만

이 가슴도 길들지 않던 푸른 시절 있었어
나의 개성 나의 삶이 흑백 코드에 갇혀버려
지금은 어쩔 수 없는
기다림의 하루지만

우연히 길을 걷다 따스한 빛 받으면
삐, 소리에 놀라던 내 마음을 읽겠지
시꺼먼 목탄에서도
넓은 바다 느끼겠지

쪽밤

– 샴쌍둥이

검은 살갗 냉소에
가위 눌려 헐떡였다
완숙된 것도 아닌, 또 하나로 설 수 없는
열없는
실핏줄 끝에
말라버린 그림자

먼지 낀 막장 속을
돌고 있는 유배의 땅
이 한몸 지탱해 볼 준엄한 논리 앞에
두 머리
짜맞추어도
설 수 없는 사지였다

말없는 갠지스강
침묵하는 탁류 너울
갈쿠리 빈손 끝에 눈을 감은 수도승
무념주
백팔 염주도
잿빛으로 타는 환상

외도행外島行

실타래로 꼬인 길
멀미처럼 힘겨웠다
귓전이 달아오르던
숨 가쁜 네 고백도
이제는
머물 수 없어
썰물처럼 가려네

푸른 꿈 긴장을 풀고
수평선에 누웠는데
곤두선 뱃머리는
들개처럼 헐떡여도
이적지
잠들 곳 하나
장만 못한 이방인

실룩대던 발동선이
마지막 숨 모으고
허옇던 비늘 파도
시퍼렇게 혼절할 때
닻줄 끝
허공에 던져
섬 하나를 묶는 오후

처용무

신라성대 태평성대 야심한 밤 덩실덩실
넓은 이마 짙은 눈썹 우묵 코에 어진 눈길
깊은 밤, 선율을 타고
처용무가 한창이네

하이얀 치아 번쩍 복 머금은 널편한 턱
오방색 옷 차려입고 한삼자락 펴얼럭 펄럭
지그시, 어금니 깨문
처용아바 춤을 추네

처용가 노랫가락 흥에 겨워 드을썩 들썩
더덩실 춤사위에 역신도 조아렸는데
코로나 열병잡귀 너
광신인 양 창궐이네

김 서린 마스크에 이슬 맺힌 방호복
스멀스멀 숨어드는 코로나 바이러스
뿌우연 잿빛 하늘에
울어대는 불안경보

일상의 물레방아 힘겨웁게 돌더라도
불안 편견 떨치고 함께 희망 나누면
덩기덕, 어깨춤 들썩
안심경보 들리겠지

밤에 핀 설화

마지막 잎새 떨군
겨울나무 가지 끝

남은 자의 슬픔보다
떠난 자의 아픔 알아

까만 밤
하얗게 밝혀
다독다독 지샌 시간

함께 존재한다는
그 자체가 의미 되어

허허로운 자리조차
베갯잇에 감싸 안고

말없이
어루만지던
너와 나의 사랑살이

한낮 햇살 유혹에도
지키자던 굳은 약속

눈빛으로 꽃피웠던
지난 밤의 언약들을

푸드득
까마귀 날개가
은빛으로 흩는 아침

대게의 꿈

동심원 그리려던 빛살들이 포롱포롱
본향 찾아 흩어져 간, 한낮 강구 앞 바다

쩌억 쩍, 일상을 가른
발동선이 지나간다

갈수록 멀어지는 말줄임표 간격만큼
가뭇가뭇 멀어지는 이웃들의 생존 근황

퇴화한 더듬이 한 쌍
주파수를 맞춘다

드리워진 그물눈이 비켜간 자리에서
욕망의 껍질 벗는 낙원이 저기라며

이 현실 벗어날 꿈에
전율조차 했었지

아둔한 백일몽 뒤 온몸으로 감지되는
바삭바삭 바스러진 자존의 소멸 소식

어물전, 수조에 갇힌
집게손이 서럽다

04

또 피어, 꽃물 드는데

사랑이 스미면

- 한티재의 여명

사랑에
눈뜨기 전

그건
어둠이었지

설렘으로
발돋움하면

화알짝
반기는 그대

온 능선
꽃물 스미면

넉넉한 새날
열리지

벚꽃비 내리는 화포천

나른한 봄날 오후
길게 누운 둑방길

분분히 날린 꽃비
행복했던 추억들이

화포천
등허리 따라
꽃 주단을 펼친다

봄 햇살 쏟아지는
생명의 땅 화포천

물과 흙 하나 되어
새순 돋는 물굽이엔

소풍 온
꽃송이들이
물 그네를 타고 있다

송화꽃 당신

그리운 임은 문득
솔 내음으로 오는가
뽀얗게 먼지 쌓인 빗장문을 매만지며
온 봄내
서성이다가
내 문 앞에 멈춘 그대

윤사월 봄은 정녕
샛바람으로 오는가
일상에 지친 거리 낭인처럼 떠돌며
노오란, 가루 분칠로
뒤란 길을 헤맨 당신

가녀린 촉수 세워
그리움에 졸인 시간
보랏빛 꽃가루받이 사랑이 방울 맺혀
이제는
가슴속까지
스미어든 당신은

동백꽃

태탱한
멍울로 부푼

숨기지 못한 그리움

불붙은
정염 덩어리

문을 여는 선홍 꽃잎

열정이
몸져누운 춘사

흐느끼는 봄 하늘

바래봉 철쭉

붉디붉은 지리산 노을 저리 곱다 하여도
가슴 시린 절절한 그리움에 닿지 않아
애타게 까치발 해도 봄은 아직 먼 가요

돌무지 움켜잡은 잔설 녹아 흐른대도
간절한 발돋움 커 아직 봄은 먼 가요
찡하게 가슴 아려야 마주하는 봄인가요

연분홍빛 사랑으로 가슴팍을 덮는 그대
다섯 장 꽃 주름진 진정 당신인가요
이제사 그댈 맞으니 정녕 새봄 맞는 거죠

바래봉 가슴 온통 불질러버린 님이여
뜨거웁게 피어올라 온 봄을 태운 당신
서럽게 마주한 사랑 무르익어 봄이네요

행복, 그 멋진 항해를 꿈꾸며

춘삼월 따슨 날엔 하늘빛 냇물 위에
동심결로 곱게 접은 종이배를 띄워보자
행복감 스미어드는 배 한 척을 띄우자

돌돌돌 얼음 녹아 떠나가는 종이배엔
복사꽃 하냥하냥 꽃잎 한 장 또 내리네
벚꽃도 하얀 나비로 하늘하늘 춤을 추네

긴 여름 뙤약볕도 여울에 깃둥 기웃둥
부대끼며 애태우던 뱃머리도 멈춘 오후
무심한 물오리 떼는 자맥질만 푸욱부욱

여명이 눈 뜬 가을 물안개에 몸을 풀면
둑방에는 구절초, 쑥부쟁이, 물봉선화
꽃길만 걸으라면서 반겨주는 친구 얼굴

차가운 겨울 강엔, 반짝이며 엉긴 별빛
지난 항해 기억들과 사계절 추억 꽃이
파아란 행복을 쏘아 은하수로 뿌리겠네

가파도 청보리밭

일상이 힘에 겨워 벽이라 느껴질 땐
시간을 쉬게 하고 가파도행 배를 타자
윤사월 햇살이 걸린
뱃머리에 몸을 싣자

가고파 가고파서 찾아온 섬 가파도
수많은 인파들 속 나만 홀로 뒤처져도
선선히 길 내어주며
맞아주는 작은 섬

가파서 가파른 삶 쟁여둔 상처까지
봄 바다가 전해주는 해풍에 씻기는 곳
바다향 오롯이 스민
밭머리도 내어준 섬

연둣빛 청보리밭 넘실대는 일렁임
홀로 꼿꼿해지며 함께 성숙할 당신
속부터 누렇게 익는
청보리를 닮는 그대

가을 공부

– 군위 한밤마을 돌담길에서

가을볕
고샅길에
길게 드러누웠다

이끼 푸른 돌담벼락
힘겹게 오른 담쟁이

따스한
등짝 되어준
돌담 사랑 배운다

돌담길
담장 따라
수유향이 스몄다

뙤약볕에 우두커니
인고 품은 호박돌 하나

산수유
알알이 붉는
기다림을 배운다

선운사 꽃무릇

갈바람에 날려가는
벌레 먹은 단풍 한 닢
온 밤을 뒤척이다 떨어진 새벽 잎새

이제껏
떨치지 못한
내 스트레스였으면

가을볕 바라보는
꽃무릇 꽃 한 송이
고요한 햇살 받는 내 행복이었으면

선운사
꽃 생각만이
머릿속에 피는 아침

서운암 금낭화

너는 나의 봄이 되어
조랑조랑 연등 한 줄

비바람에 천둥 몇 알
담홍낭*에 고이 품고

애련에 물들지 않는
빈 하늘에 걸렸다

만남도 헤어짐도
근원은 하나인데

구업口業을 잠재우려
호접** 잎 머금은 채

고요히, 담벼락 저 편
무명***길을 밝힌 그대

---

* 담홍낭(淡紅囊)은 연붉은 빛을 띤 비단 주머니를 말한다.

** 호접(胡蝶)은 꽃술과 꽃잎이 나비의 형상인 데서 나온 표현이다.

*** 무명(無明)은 편견, 집착으로 인해 진리를 깨닫지 못한 상태로 모든 번뇌의 근원이 된다.

달맞이꽃

뜨거운 여름 한낮
시름시름 졸다가

밝은 달 뜨는 밤엔
기다림이 움터서

가만히
하현달 보며
둑방길에 오릅니다

휘영청 달빛 받는
그리움의 발돋움은

달 보고 미소 짓는
달바라기 아니라

기어이
님에게 안길
님바라기랍니다

달빛 나면 처연하고
어둠 속엔 처절한 밤

마디마디 아려오는
가늘어진 꽃대궁 끝

애타게
기다린 추억
씨앗으로 맺습니다

민들레 선생님

교정 뒷산 진달래꽃 온 산을 불태운 봄
새벽이슬 눈을 뜨고 등굣길이 환해지면
척박한 길섶 한녘에 뿌리내린 민들레

까아망 눈망울이 샘물처럼 해맑아서
햇살 든 교정에 머문 들풀 꽃등 민들레
널따란 잎사귀 손에 다독여 온 긴 세월

시골 아이 웃음꽃이 무척이나 밝아서
화단엔 왁자지껄 흰 목련꽃 벙글어도
웃음꽃 그늘을 지킨 노란 풀꽃 민들레

꽃 지고 노을 지고 어둠 속에 부대낀 밤
깊어 갈수록 한층 크게 반짝이는 샛별처럼
넓은 잎 실한 뿌리로 평생을 베푼 당신

꽃술에 꽃가루향 가진 것 다 나누면서
속 비운 꽃대궁에 비우고 산 지난 세월
이제는 훌훌 떨치고 홀씨 되어 날리네

갈대꽃

새벽별도 시린 새벽
긴 사청이 냇가에서
열없는 들꽃 되어 된바람 맞고 선 너
초겨울
갈색빛 얼굴
여명으로 타는구나

샛강 물과 둑길이랑
나란했던 지난 여름
풋풋한 수초 춤에 잔 물결도 어깨 으쓱
돋움한
키 높이만큼
살가웠던 그 기억

사청이 감싸안은 둑방길은 말이 없고
야윈 물결 위에 눕는 황량한 겨울 하늘
보숭한
추억꽃 송이
찬 서리에 젖는 아침

청춘의 가슴

지는 꽃잎, 잠든 신록
봄꽃마저 떠난 냇물

밤새 내린 늦가을비
쓸려가는 잎사귀에도

사랑이
식으면 정녕
그것은 죽음이다

꽃씨 품진 못했지만
무엇에든 사랑 심어

따스한
싹 틔울 그
열정 한 톨 있다면

그것은
진정 뜨거운
청춘이다 그 가슴은

05

한티재 너머, 길에게 말을 걸다

자전거 여행

등 뒤에서 감기는 활동사진 필름처럼
시간은 나의 길을 오롯이 삼켰다가
한 다발, 추억이란 걸
안겨주며 달린다

시간은 늘 그렇게 일상의 굴레지만
일렁이는 들풀처럼 스쳐가는 바람에도
반기며 반가워하며
그렇게 달려보자

삶이란 두 바퀴로 굴러가는 인생 여정
급하면 돌아가고 가파르면 쉬어가지
오늘도 금빛 햇살에
씽긋 웃는 내 동반자

압곡사 산방

들리듯
끊어진 듯

오는 듯이 스쳐가고

문밖엔
솔바람 소리

물소리에 산새 소리만

정토가
따로 없어라

끓고 있는
다향 천리

우보역

애틋한 배웅과 마중, 소소한 사연 싣고
삶의 향기 전해주며 반겨준 중앙선 열차
이제는
오지 않는 역
추억만 핀 간이역

깃털 눈발 날리며
숨 고르던 새벽 열차
싸락눈 털고 떠난 저릿했던 이별 기억
서러움
눈꽃에 젖어
어쩌지 못한 겨울밤

죽도록 그리우면
기차를 타라 했는데
곰삭은 기억 파편, 회한의 꽃이 되어
이제는
어쩌지 못할
영영 묻을 우보역

겨울, 한티산장에서

분분히 날아드는
주름 잡힌 시간들이

그리움의 두께만큼
사록사록 쌓이는 밤

한티재
눈꽃송이도
긴 침묵에 든 시간

흙 바람벽 봉창 하나
문풍지만 밤을 새워

참선하던 노송 기둥
나이테도 졸리울 때

화알짝
쪽방문 여니
달빛 가득 설원의 밤

서라벌의 밤

- 경주, 동궁과 월지

흰 구름 살풋 벗고
차오르는 새 달 하나
월명스님 밤 피리에 가던 길을 멈추었지
둥그레
차오르는 배
새댁처럼 만지면서

이슥해진 신라의 밤
뉘 집 왔나, 처용랑
휘영청 달빛 아래 덩실덩실 춤을 췄지
인간사
삼재팔난을
춤사위로 떨칠 듯이

또다시 천년 세월
다시 찾은 신라의 밤
월명스님 처용랑도 넘지 못한 그 천년을
한가득
달빛에 담는
동궁 앞 월지 호반

화진포 타령

동이 튼 화진 포구
둔치 끝에 곧추서서
끝없이 일렁이는 등자락을 바라보니
넉넉한
빨랫줄 위에
흰 갈매기 걸려 있다

지난 밤 는실는실
늦더위에 시달려서
강쇠바람 눈짓하는 그대 뒤태 바라보니
하이얀
포말 떨치며
주저앉는 설산 조각

마른 장마 뜨거운 눈
식혀 주는 은빛 파도
쉼 없이 일렁이는 끝 모를 푸르름이

기어이
세상의 티끌
씻어 내려 철석인다

다대포 연가

먹구름 물러가고
엷은 햇살 수줍을 때
단아하던 영산홍은
선잠에서 깨어난 듯
발그란
가슴 속살을
추스르지 못한다

타박한 모래 촉감
두 발끝 재우쳐서
몰운대 숨긴 사연
성글대며 물으니
물소리
바람소리만
솔밭에서 수줍더라

회원관 올라앉아
운무 속을 내려보니
강심과 바닷속은

맨몸으로 뒤섞이고
솔숲엔
가쁜 숨결로
하현달이 눕는다

석남사

가슴속 염원들은 돌이 되어 쌓이는가
작은 돌의 떨림으로 꼭대기에 걸쳐 놓고
마파람, 숨소리 죽인 경내로 들어선다

극락전 밀고 들어 촛불 켜는 비구니여
섬돌에 가지런한 흰 빛깔의 고무신은
못 벗은 속가에서의 마지막 허물인가

도의국사 부도 돌아 후원으로 굽어드니
감로수 연못 한켠 시간에 젖은 벽화 속엔
노송 밑 참선스님이 관수세심 일러주네

천 이백 년 비원 서린 가지산 산정에다
묻으려다 들켜버린 응어리진 업보 덩이
옥룡수 물굽이 불러 여의주로 보시할까

비상을 꿈꾸며

바닷새도 날지 않고 이웃조차 멀어진 밤
물이랑에 울컥울컥 비바람이 치는 날은
진해루
망루에 올라
아린 슬픔 퍼다 버리자

출렁인 게 물뿐이랴, 해풍에 흔들려도
부대끼는 깃발처럼 궂은 날을 버텨 보자
누구나
부대끼면서
바로 서지 않았던가

나는 것이 새 뿐이랴, 우리도 저 같아서
끼룩끼룩 갈매기떼 잔잔해진 아침 물결
새 아침
하얀 돛 올려
푸른 바다 누빌 그대

천년의 바람

- 노산공원에서 박재삼을 그리며

천 년의 바람결과 이끼 낀 시간들이
목섬 바위틈에 속앓이 하고 있을 때

삼천포, 유년 추억을
그 분 불러 들었지

…어물전 간 어매를 문지방에서 기다린 밤
토닥이던 누이 두 눈 눈물 방울 마를 즈음
비릿한 울 어매 체온 헌 양철문 밀쳤었지

문설주에 기대인 채 울다 잠든 동생 얼굴
달 그림자 등지고서 타인처럼 내려 보며
말 없던, 어매 속마음은 참말로 어땠을지

장사 끝에 남은 고기 부뚜막에 놓으시고
고기 눈처럼…에서, 말을 잇지 못했던 그

까만 밤, 시인별 되어
어두운 밤길 밝히겠지

태곳적 밤물결은 자맥질을 아직하고
어시장 좌판 위에 썰어지는 천 년 시간

천 년을 시에 찍었던
그가 지금 그리운 밤

곽지리 낙조, 그리고 밤바다

수평선 위 긴 햇살 여정을 풀어내면
이제는 정녕 그대 침묵이 필요한 때
버얼건 항아리 하나
출렁출렁 눕는다

풀지 못한 사연도 묵은 애련조차도
가만히 감싸안고 떠나보내야 할 시간
두둥실 낙조를 품고
저 너머로 눕는 너울

한담해변 향하던 길손도 끊어진 밤
시간을 삭혀내는 밤바다의 숨결 소리
곽지리, 밤 유채꽃도
절대 고독 배운다

애월리 밤바다

인고의 긴 시간을 삭혀내지 못하여
돌아온 달빛 바다 애월리의 밤바다
넉넉히 어둠에 젖는
사랑을 품은 바다

달빛은 달빛대로 날빛은 날빛대로
간간이 찾아드는 비바람에 해일까지
한없이, 품고 또 품은
관용을 아는 바다

한바탕 가면극에 가슴 졸인 거리두기
마음조차 얼어붙어 등을 돌린 군상까지
가만히, 다독여 주는
연민을 아는 바다

일상에 휘둘리고 세파에 밀려온 날
내밀한 속내까지 눈감아 준 밤바다
조용히 바다를 안고
애월리에 눕는 밤

두물머리 강가에서

긴 세월 근원을 알고 침묵한 강 두물머리
흘러온 지난 시간 묻어둔 채 품고 가네
기다린 긴 세월보다 쓰린 가슴 안은 채

부드러운 산세 발치 연잎 밭을 길러온 강
노거수 그림자마저 수백 년을 살펴가며
고요히 섞이고 섞여 소리 없이 흐르는 강

아침나절 두물머리 물안개꽃 피고 나면
잔 물결 황포돛배에 지친 몸을 실어 볼까
나루터, 고운 햇살을 그리웠던 친구 삼고

수어장대에서

맑은 바람 청량산인데
해가 길어 일장산이네

긴 햇살도 숨 고른 곳
솔숲 나른한 산마루턱

우뚝한
팔짝 지붕도
황사 놀에 젖는 오후

기억하자 외친 그날
부끄럽던 왕조 흔적

높은 장대 위엄 너머
목도를 맨 민초 신음

창창창
돌 깨는 환청
황혼 녘이 서러운 봄

해설

향수에 근원을 둔
향토적 상상력의 보고

이정환
(시조시인, 국어교육학박사,
한국시조시인협회 이사장)

향수에 근원을 둔 향토적 상상력의 보고

-김덕현의 『한티재, 꽃 피다』의 세계

이정환(시조시인, 국어교육학박사, 한국시조시인협회 이사장)

1.

김덕현 시인이 마침내 첫 시조집 『한티재, 꽃 피다』를 펴낸다. 실로 마침내, 라고 할만하다. 등단연도가 1998년이기 때문이다. 그는 이번 시조집에서 『동국여지승람』과 같은 시 세계를 펼쳐 보이고 있다. 『동국여지승람』은 각 도의 지리, 풍속, 인물 등을 자세하게 기록한 우리나라의 지리서이다. 그는 축소해서 한티재를 중심으로 한 고향의 풍광과 정서와 스토리를 엮고 있다. 말하자면 특별한 이야기다. 이 특별한 이야기가 개인적인 회고에 머물지 않고, 정서적 파장을 일으키며 가슴으로 다가온다. 온고지신이다. 옛것을 익히고 그것을 통해 새것을 알게 되는 계기다. 그것은 곧 미래를 다르게 열 수 있는 안목을 길러줄 것이다. 또한 새로운 힘의 충전이기도 하다.

우리는 성장해온 배경과 무관할 수가 없다. 그렇기에 시인의 고향에 대한 사랑은 각별하다. 한시도 그의 곁을 떠나지 않는 깊은 울림을 가진 정서는 곧 그리움이다. 생각하면 할수록 울컥하게 하는 향수다. 그래서 그의 시조 세계를 "향수에 근원을 둔 향토적 상상력의 보고"라고 명명한다. 향토적 상상력에 기원을 둔 그의 시 세계는 그 누가 읽어도 공감할 것이다. "보고寶庫"라고 일컫게 된 것은 정경과 내면을 감칠맛 나게 버무리는 그의 기량 때문이다. 살갑고 다정하며, 열정적인 그의 언어는 내밀한 정서와 잘 결합되어 독자의 시선을 자연스럽게 이끈다. 또한 그의 품성이 작품 곳곳에 배어들어 훈향 높은 미학적 직조를 이루는데 기여하면서 꽃향기와 같은 반향을 불러일으킨다.

그런 점에서 『한티재, 꽃 피다』는 소중한 시조집이다. 그나 그의 가족에게만 머물러 있지 않을 것이다. 개성적인 호흡과 정서와 사상과 감정이 오롯이 담겨 큰 파장을 일으키는 진실하고 아름다운 책이 될 것이다. 자신을 낳고 길러준, 오늘이 있기까지 살갑게 붙들어준 고향에게 바치는 소담한 헌정시집이기도 하다.

2.

오래 전 가장 지역적인 것이 가장 세계적이라는 말이 한동안 세상을 떠돌았다. 그 말은 지금도 그대로 유효하다. 그렇다면 김덕현 시인은 이 사실을 이번 시조집 『한티재, 꽃피다』를 통해 여실히 증명하고 있는 셈이다. 또한 시조집 전편에서 토포필리아와 바이오필리아의 미묘한 융합을 보여주고 있다. 즉 장소애와 생명애다. 우리가 종내 잊지 못하는 어떤 곳에 대한 아련한 그리움은 곧 장소에 대한 사랑이다. 그때 그곳에서 함께 어울려 지내던 가족이나 친구들에 대한 생각은 곧 생명에 대한 사랑이다. 그는 시인의 말에서 "누구나 가슴속에 한티재 하나씩을 품고 살아가는 것을, 그것이 인생이라는 것을 배웠다. 우리가 마주한 팍팍한 현실이 그 고개가 되기도 하고, 그리운 이를 만나러 가는 설렘의 공간이 한티재일 수 있다는 사실도 깨달았다."라고 말하고 있다. 진정성이 느껴진다. 또한 그의 웅숭깊은 내면의 깊이가 헤아려진다. 그러니까 한티재는 하나의 상징체계로 독자들은 각자의 경험 안에서 변주하여 읽게 될 것이다. 이것은 시를 음미하는 또 다른 묘미이기도 하다.

이제 그가 어떤 시각과 관점으로 자신의 이야기를 풀어나가고 있는지 살펴보도록 하겠다.

> 내 유년
>
> 추억들이
>
>
> 굽이치며 달려가는 곳

초록 기쁨
넘실거리는

꽃 피기 전 봄 능선처럼

뛰뛰는
가슴 있어라

한티재가 있어라

-「꿈꾸는 한티재」 전문

고독한
귓불에 스민
입김인가 속삭임인가

사락사락
부르는 소리
너 일 듯, 너였으면 할 때

야심한
꿈길을 딛고
내 등 뒤에 눕는 숨결

고독한
설매실 마을
나를 찾은 그대여

눈 뜨면
내 온 머릿속
잊어질 사랑인데

하이얀
말줄임표만
쌓여가는 이 밤은

-「설매실 첫눈」 전문

「꿈꾸는 한티재」는 이 시조집의 서시와 같다. 한티재는 "내 유년/ 추억들이// 굽이치며 달려가는 곳"이다. 여기서 "굽이치며 달려가는"이라는 구절에서 애절한 정조가 그대로 묻어난다. 그곳은 "초록 기쁨/ 넘실거리는" 곳이자 "꽃 피기 전 봄 능선처럼// 뛰뛰는/ 가슴"이 있는 터전이다. 시의 화자가 한시도 놓치지 않고 있는 생명의 근원이자 그리움의 산실이다.

그런 점에서 「설매실 첫눈」의 정서는 더욱 실감실정이다. "고독한/ 귓불에 스민/ 입김인가 속삭임인가"라고 먼저 묻는다. 중장 "사락사락/ 부르는 소리/ 너일 듯, 너였으면 할 때"

라는 대목은 절절하다. 너인가, 하고 생각하다가 너였으면 할 때 "야심한/ 꿈길을 딛고/ 내 등 뒤에 눕는 숨결"을 느낀다. "고독한/ 설매실 마을/ 나를 찾은 그대"의 현현을 첫눈 통해 여실히 느끼건만 정작 그대는 어디에도 없고 "눈 뜨면/ 내 온 머릿속/ 사랑"으로만 남는다. 끝내 "하이얀/ 말줄임표만/ 쌓여가는" 밤은 깊어만 간다. 이처럼 「설매실 첫눈」이 표출하는 정서는 가없다.

팔공산 골바람에
설매꽃이 녹을 무렵
전정가위 손맛 들여 사과 전지 한창이다
잘려진
가지 처치는
과수원집 맏아들 몫

가지마다 잎눈 꽃눈
남녘 봄을 기다리다
피우지 못할 꿈을 접고, 비장하게 잘리는 날
삶이란
수용이란 걸
그는 알고 있었을까

잘려나간 분신들이

묶여지는 쓸쓸한 봄
말 없는 가지 단을 안고 또 안으면서
참말로
품어야 할 것을
그는 정녕 알았을까

–「사과나무 전정」 전문

방 아랫목 보금자리
생명의 씨, 누에 알 하나
꿈에서 깨자마자, 봄비처럼 사각사각

가만히, 살피어 가며
뽕잎 갉는 이른 아침

해거름 창문 너머
산 뽕잎이 짙은 날
이제는 승화의 시간, 이것은 나의 숙명
네 번째 꿈에서 나온
누에 다짐 들었지

청솔가지 꺾어 세운
제단 위에 몸을 뉘어
욕망의 실을 뱉어 고치솜을 지을 때 난

베갯잇, 씨앗을 안고
그렁그렁 뒤척였지

-「그날 밤 나는」 전문

천상의 정령일까
연분홍 날개 나풀나풀
분분히 날린 그녀에게 꽃바람을 맞은 건지
난 이미, 복숭아밭에 사랑꾼이 되었지

온 밭은 도화 물결
탐스런 미소 띤 얼굴
붉히며 익어가는 도화살 맞은 살내음
네 숨결
닿기만 해도
흠씬 취하던 한낮 햇살

보송한 잔털이 곱던 칠월 어느 여름날
수밀도 가슴을 감싸 차편에 실어 보내고
몇 푼의 지폐를 챙겨
터덜터덜 돌아온 밤

그날 밤 난, 뜨겁게 욕망하는 내 살갗과
칠성시장 청과점 좌판에 앉을 그녀 생각에

온몸을

긁고 부비며

빈 술잔을 채웠었지

－「복숭아꽃 사랑」 전문

「사과나무 전정」은 진정 품어야할 것이 무엇인지에 대해 숙고하게 하는 시편이다. 과수농사를 일정 기간 경험한 기억을 바탕으로 시작詩作한 시인의 흔적이 작품의 진정성을 더욱 높여주고 있다. "팔공산 골바람에/ 설매꽃이 녹을 무렵/ 전정가위 손맛 들여 사과 전지 한창"인데 "잘려진/ 가지 처치는/ 과수원집 맏아들 몫"이다. 번거로운 일이겠지만 그 일을 기꺼이 맡는다. "가지마다 잎눈 꽃눈/ 남녘 봄을 기다리다/ 피우지 못할 꿈을 접고, 비장하게 잘리는 날"에 "삶이란/ 수용이란 걸" 알게 되는 계기가 되기 때문이다. "잘려나간 분신들이/ 묶여지는 쓸쓸한 봄"에 "말 없는 가지 단을 안으면서" 그는 "참말로/ 품어야 할 것"을 생각하지 않았을까. 진정 그랬을 것이다. 끝없이 받아들이고 받아들이면서 이루어가는 역정이 인생인 것을 잘려나간 가지를 보면서 자연스럽게 깨닫게 되었을 터다. 전정은 과수원에서 세부적인 가지를 솎아주거나 잘라주는 일련의 행동을 의미하는데 이 일을 통해서 시의 화자는 새로운 자각의 시간을 가지고 있다.

「그날 밤 나는」은 누에치기 농사에 대한 기억을 더듬고 있다. "방 아랫목 보금자리/ 생명의 씨, 누에 알 하나/ 꿈에서 깨자마자, 봄비처럼 사각사각// 가만히, 살피어 가며/ 뽕잎 갉는 이른 아침"이라는 첫수는 생명에 대한 경외감을 느끼게 할 만큼 세밀하고도 그윽한 묘사 일색이다. 섬세한 감각으로 다정다감한 분위기를 연출한 다음 둘째 수에서 "해거름 창문 너머/ 산 뽕잎이 짙은 날/ 이제는 승화의 시간, 이것은 나의 숙명"이라면서 "네 번째 꿈에서 나온/ 누에 다짐"을 들었던 기억을 떠올린다. 실제 누에는 애벌레에서 네 번째 잠을 자고나면, 완전체로 탈바꿈하는 5령의 곤충이 된다. 이 시기 몸은 만 배의 실을 뽑을 수 있게 자라는 속성을 가지고 있다고 한다. 시인은 이러한 누에치기에 대한 실제 체험과 관찰을 통해 시작에 임하고 있음을 눈여겨볼 필요가 있다. 그리고 셋째 수에서 "청솔가지 꺾어 세운/ 제단 위에 몸을 뉘어/ 욕망의 실을 뱉어 고치솜을 지을 때" 화자는 "베갯잇, 씨앗을 안고/ 그렁그렁 뒤척였"던 일을 상기한다. 누에는 오로지 뽕나무의 청정한 뽕잎만을 먹고 비단실을 뽑아낸다. 이처럼 누에치기를 통해 승화의 시간을 바라보는 일은 값지다. 이런 누에의 승화 모습을 바라보며 시인의 번민하는 모습은 독자로 하여금 시적 현장에 한 단계 다가서게 하여 공감의 폭을 넓혀주고 있다. 삶이 한 단계 더 성숙하는 모습이기 때문이다.

다음으로 「복숭아꽃 사랑」에서 스무 살 무렵 복숭아 농사에 대한 추억을 노정한다. "천상의 정령일까/ 연분홍 날개 나풀나풀/ 분분히 날린 그녀에게 꽃바람을 맞"아 "복숭아밭의 사랑꾼"이 된 것을 자백한다. 실로 봄날의 복사꽃은 천상의 정령 그 이상임에 틀림없다. 그만큼 황홀경을 연출하기 때문이다. "온 밭은 도화 물결/ 탐스런 미소 띤 얼굴"이자 "붉히며 익어가는 도화살 맞은 살내음"이기에 "네 숨결/ 닿기만 해도/ 흠씬 취"할 수밖에 없었을 것이다. 그래서 "그날 밤 난, 뜨겁게 욕망하는 내 살갗과/ 칠성시장 청과점 좌판에 앉을 그녀 생각에/ 온몸을/ 긁고 부비며/ 빈 술잔을 채웠"던 것이다. 사과나무 전정이나 누에치기, 봉숭아 농사와 같은 일들이 화자에게는 단순한 추억담이 아니라 그의 내면을 알차게 여물게 하는 산 경험이었던 것이다. 지금까지 옹골차게 살아온 힘의 근원이 어디에 있는지 짐작이 된다.

「세월」은 아버지 제삿날 밤에 관한 시다. "한가윗날 자시에 그분께서/ 화안한 보름달을 원광처럼 등에 지고" 오셨다. "가만히, 도포 깃 털며/ 어매 밥상 받던 밤"이었다. "현고처사 부군신위, 명분 법도 거드름에/ 제상 앞에 고개 숙인 귓등조차 민망하게// 쟈들 좀, 살펴 주시"라는 "가슴 터진 어매 기도"를 들었던 것이다. 그렇지만 가족사의 시련을 '은은하게' 승화해나가는 흐름을 읽을 수 있다. "함께 한 시간보다 이별이 더 긴 울 엄매/ 며느리 차린 제상 앞, 세월에 익은 그 음성"이 한데 어우러져서 "은은한 보름달처럼/ 살펴줘서 고맙다"는 말이 절로 나온다. 「세월」은 이렇듯 마음을 저미게 한다. 아버지와 이별을 슬픔에 묶어두지 않고 이를 세월의 흐름 속에 극복해 나가는 긍정적 모습이 독자들에게 울림을 주기 때문이다. 이러한 시적 태도야말로 추억의 공간이 현재의 고통과 외로움을 극복하게 하는 에너지원으로 작용한다는 것을 잘 입증해 보인다. 제각기 현실은 다르지만 어느 가정, 어느 누구나 경험하게 되는 삶의 양상이기에 공감의 폭은 더욱 넓어지게 된다.

「한티숯골, 득명리」는 "구름도 쉬어가는 팔공산 하늘 아래/ 바람조차 숨 고르는 한티고개 마루 턱/ 오롯이, 믿음을 데운/ 숯골마을"에 대한 보고서다. 또한 "사랑으로 곱게 빚은 질그릇 오지그릇/ 그을린 채 큰 입 벌린 가마에다 집어넣고/ 영생의 불씨를 당긴/ 사람들"에 관한 이야기이기도 하다. 그곳은 "유민으로 왔다가 고이 잠든 순교 성지/ 어두운 곳 빛을 밝힌 득명리가 있었"고, "옹기에, 달빛 그렁한/ 은혜의 땅"이 있어서 불멸의 성지가 된 것이다. 실제 이 한티재 아래 한티성지는 가톨릭 교단에서도 특별한 의미를 부여하는 곳이다. 시인은 현재도 유효한 기억의 공간으로 한티성지를 상정하여 과거의 아픔에 공감하면서 신앙인들의 숭고한 믿음을 형상화하였다.

동산리 우리 이모
서러운 사랑 이야기를
말벗 삼아 다가가면 어느새 한티 마루

빛바랜, 유년의 슬픔

봄꽃으로 피고 있다

꽃배 편지 띄워 놓고 한티쪽만 바라보다
창평지 퍼런 물에 몸을 맡긴 순이 이모
그녀가 사랑했던 건
한티 하늘 아니었을까

스물 둘 연애 사연 불태우던 저녁노을
그녀가 돌아간 곳
한티 노을 아니었을까

절절한, 뻐꾸기 울음
들꽃 잎도 젖어든 봄

–「순이 이모」 전문

저물녘
사청이 냇가
둑방길에 나간 오후

가다 쉬다
맴도는 물살
숨바꼭질 하다 문득

어디쯤
냇물의 근원
있을 듯만 했었지

이어질 듯 끊어질 듯
내 몸처럼 앓는 냇물

거스르던 달빛조차
어둠 속에 숨은 밤

터얼썩
물처럼 울다
정신을 놓은 어린 사슴

환한 횃불
애탄 목소리
땀에 전 아버지 등짝

꿈결인 듯
낯 부빌 때
침묵 흐른 어깨너머

손끝에
아버지 가슴
떨고 있어, 또 울었지

–「아버지」 전문

감나무 가지 끝에
시려 떠는 정월 달빛
고양이로 움츠려 산촌에 숨어든 밤
고단한 아버진 벌써
큰댁 향해 앞서시고

까까머리 어린 난
발끝만 보고 뒤따를 때
고무신에 밟히는 바작바작 서릿발이
한티재, 칼바람처럼
성그렇게 놀라는 밤

풀 먹인 도포 자락 퍼석퍼석 앞서 가다
장승처럼 우뚝 서서 돌아보던 아버지도
저만치, 모퉁이 돌아
타인처럼 가버렸지

유산처럼 남겨진

터잡이 할배의 손자
높디높은 담벼락 길, 주저앉고 싶을 때
텁텁한
부엉이 울음
큰댁 초롱 켜지던 밤

–「큰집 제삿날 밤」 전문

서른한 송이 꽃들 중에
가장 먼저 별이 된 아이

가방끈 내려놓고
섬유공장에 간 명자는

봉긋한
단발머리에
두 볼 붉힌 우리 친구

그가 남긴 이름이
꽃이 되어 피고 있다

열여섯에 별이 되어
꽃받침도 못 갖추고

터질 듯

붉어진 두 볼

뜨거웁게 타고 있다

－「설매실 명자꽃」 전문

「순이 이모」는 애절하다. "동산리 우리 이모/ 서러운 사랑 이야기를/ 말벗 삼아 다가가면 어느새 한티 마루"에 이르고야 만다. "빛바랜, 유년의 슬픔이/ 봄꽃으로 피고 있"는 곳이다. "꽃배 편지 띄워 놓고 한티쪽만 바라보다/ 창평지 퍼런 물에 몸을 맡긴 순이 이모"가 "그녀가 사랑했던 건/ 한티 하늘 아니었을까"라고 회상한다. 구체적인 사연은 알 수 없지만 이모는 떠났다. 말 못할 연유가 있었을 것이다. "스물둘 연애 사연 불태우던 저녁노을"을 바라보며 화자는 "그녀가 돌아간 곳/ 한티 노을"이었을 것으로 판단한다. "절절한, 뻐꾸기 울음/ 들꽃 잎도 젖어든 봄"에 순이 이모는 먼 길을 떠났다. 그래서 한티재에 올라 한티 노을을 바라볼 적마다 순이 이모를 그린다. 꽃다운 나이에 꽃답지 못하게 하직한 이모는 화자의 가슴 속에 늘 깃들어 있어 그 애절함이 날이 갈수록 더하다.

누구에게나 아버지가 있다. 그래서 아버지와 함께 한 크고 작은 이야기가 있게 마련이다. 「아버지」도 그러한 사연을 노래하고 있다. "저물녘/ 사청이 냇가/ 둑방길에 나간 오후// 가다 쉬다/ 맴도는 물살/ 숨바꼭질 하다 문득// 어디쯤/ 냇물의 근원/ 있을 듯만 했"던 기억을 더듬고 있다. 그리고 "이어질 듯 끊어질 듯/ 내 몸처럼 앓는 냇물"을 살피다가 "거스르던 달빛조차/ 어둠 속에 숨은 밤"에 "터얼썩/ 물처럼 울다/ 정신을 놓은 어린 사슴"이 되어버렸을 때 아버지가 나타나셨다. "환한 횃불/ 애탄 목소리/ 땀에 전 아버지 등짝"과 다시 만나게 된 것이다. 그야말로 구원의 손길이었다. "꿈결인 듯/ 낯 부빌 때/ 침묵 흐른 어깨너머"로 화자는 "손끝에/ 아버지 가슴/ 떨고 있어, 또 울었"던 것이다. 어린 마음에 냇물의 근원이 몹시도 궁금하여 자꾸만 나아가다가 그만 길을 잃은 것이다. 그것은 내 몸처럼 앓는 냇물에 혹한 까닭이다. 다행하게도 횃불 든 아버지 덕분에 더 이상의 어려움을 당하지 않았지만 이 일은 두고두고 생각나는 추억거리가 되었다. 병약한 그를 업고 달리는 아버지 모습, 심하게 뛰는 아버지의 심장을 감지하고 그가 어떻게 될까 크게 울어버린 어린 시골 소년의 모습이 그려진다. 아련한 추억은 때로 적지 않은 힘이 될 수 있다. 정서적인 안정을 꾀하는데 도움이 되기 때문이다.

아버지에 관한 기억은 「큰집 제삿날 밤」에도 이어지고 있다. "감나무 가지 끝에/ 시려 떠는 정월 달빛/ 고양이로 움츠려 산촌에 숨어든 밤/고단한 아버진 벌써/ 큰댁 향해 앞서"간다. 아무리 따라가도 아버지 걸음을 쫓기가 힘들다. 그래서 "까까머리 어린 난/ 발끝만 보고 뒤따"르는데 "고무신에 밟히는 바작바작 서릿발이/ 한티재, 칼바람처럼/ 성그렇게" 놀란다. "풀 먹인 도포 자락 퍼석퍼석 앞서 가다/ 장승처럼 우뚝 서서 돌아보던 아버지도/ 저만치, 모퉁이 돌아/ 타인처럼 가버렸"던 것을 잊지 못한다. 아버지의 무심한 듯 차가운 이러한 태도는 화자에게는 어떤 가르침과도 같은 것이다. "유산처럼 남겨진/ 터잡이 할배의 손자"로서 "높디높은 담벼락 길, 주저앉고 싶을 때/ 텁텁한/ 부엉이 울음/ 큰댁 초롱 켜지던 밤"의 추억으로, 생생한 추억의 힘으로 화자는 현재의 삶을 꿋꿋하게 영위하고 있다는 생각이 절실히 든다.

그런가 하면 무척 아픈 이야기가 있다. 「설매실 명자꽃」이다. "서른한 송이 꽃들 중에/ 가장 먼저 별이 된 아이"다. "가방끈 내려놓고/ 섬유공장에 간 명자는// 봉긋한/ 단발머리에/ 두 볼 붉힌 우리 친구"였다. 그런데 그는 일찍 먼저 떠났다. 그리하여 해마다 "그가 남긴 이름이/ 꽃이 되어 피고 있"는 것이다. "열여섯에 별이 되어/ 꽃받침도 못 갖"춘 명자다. "터질 듯/ 붉어진 두 볼"이 아직도 뜨겁게 타고 있는 꽃, 명자꽃을 볼 때마다 명자를 마음 속 깊이 그린다. 그리움의 물결은 끝없다.

> 자신은 바보라며, 진정 둔한 바보라며
>
> 마음 밭에 고운 씨앗 뿌리신 분 계셨지
>
> 모두들
>
> 고맙습니다

감사하다 하시면서

자신은 옹기라며, 질박한 그릇이라며
우리에게 밥이 되어 함께 한 분 계셨지
서로들
사랑하세요
노래처럼 읊으면서

머릿속에 사랑을 가슴까지 내리는데
고희 세월 걸렸다며, 고백하신 분 계셨지
사랑은
낮춤이라며
자기낮춤 보이시며

질곡의 긴 아픔을 너그럽게 품으시고
따스한 세상 위해 내미시던 당신 손길
큰 사랑
베풀고 가신
문득문득 그리운 님

-「그리운 님」 전문

변치 않는 푸르름
한결같이 곧은 결

청청한 하늘 빛을
오롯이 품은 당신

솔솔솔
정갈한 자태
손끝마저 모은 채

비바람, 깊은 어둠
뿌리까지 흔들린 날

푸른 솔빛 숲이 되고
굽실한 몸 울이 되어

대지의
따스한 기운
넉넉히 나눌 그대

-「한밝솔 닮을 그대」 전문

김수환 추기경 생가에서 「그리운 님」을 그리고 있다. "자신은 바보라며, 진정 둔한 바보라며/ 마음 밭에 고운 씨앗 뿌리신 분"이었다. 그 분은 늘 "모두들/ 고맙습니다/ 감사하다 하"셨다. 또한 "자신은 옹기, 질박한 그릇이라며/ 우리에게 밥이 되어 함께 하신 분"이셨다. 서로 사랑하라는 말씀과 더불어 "머릿속에 사랑을 가슴까지 내리는데/ 고희 세월 걸렸다"는 고백을 하며 "자기낮춤"의 본을 보인 분이셨다. "질곡의 긴 아픔을 너그럽게 품"고 항시 세상을 위한 분이셨기에 세월이 지날수록 더욱 그립다. 그만한 분을 요즘 세상에서 찾기 힘들기에 더욱 그러하다.

「한밝솔 닮을 그대」에서 한밝솔은 "밝은 햇살을 받는 청청한 기개를 가진 으뜸 소나무"를 가리킨다. 지역에서는 사람들로부터 큰 존경을 받는 인물을 말할 때 "한밝솔을 닮은 분"이라고 말한다고 한다. "변치 않는 푸르름/ 한결같이 곧은 결// 청청한 하늘 빛을/ 오롯이 품은 당신"은 "솔솔솔/ 정갈한 자태/ 손끝마저 모은 채"로 늘 서 있다. "비바람, 깊은 어둠/ 뿌리까지 흔들린 날"에도 "푸른 솔빛 숲이 되고/ 굽실한 몸 울이 되어// 대지의/ 따스한 기운/ 넉넉히 나"눈다. 그런 인물을 늘 지향하고 있는 화자도 어느덧 자신도 모르게 "한밝솔"이 되었는지도 모른다. 마치 큰 바위 얼굴의 주인공처럼.

가을볕
고샅길에
길게 드러누웠다

이끼 푸른 돌담벼락

힘겹게 오른 담쟁이

따스한
등짝 되어준
돌담 사랑 배운다

돌담길
담장 따라
수유향이 스몄다

뙤약볕에 우두커니
인고 품은 호박돌 하나

산수유
알알이 붉는
기다림을 배운다

-「가을 공부」 전문

들리듯
끊어진 듯

오는 듯이 스쳐가고

문밖엔
솔바람 소리

물소리에 산새 소리만

정토가
따로 없어라

끓고 있는
다향 천리

-「압곡사 산방」 전문

군위 한밤마을 돌담길에서 「가을 공부」를 한다. "가을볕/ 고샅길에/ 길게 드러누"워 있는데 "이끼 푸른 돌담벼락/ 힘겹게 오른 담쟁이"를 본다. "따스한/ 등짝 되어준/ 돌담 사랑"을 그곳에서 배운다. "돌담길/ 담장 따라/ 수유향이 스몄"고, 뙤약볕에 우두커니/ 인고 품은 호박돌 하나"는 "산수유/ 알알이 붉는/ 기다림을 배"우고 있다. 그 장면을 유정한 눈으로 바라보는 화자도 그 무언가를 배운 것이다. 인고의 자세다.

「압곡사 산방」은 다른 분위기를 연출한다. 압곡사는 대한불교 조계종 제10교구 본사인 은해사의 말사다. 676년(문무왕 16년)에 의상이 창건하였으며, 설화가 전해 내려오고 있다. 즉 의상이 인각사를 창건한 뒤 부속암자를 짓기 위하여 자리를 물색하였으나 적당한 곳이 없어서 고심하던 중 나무 오리를 만들어서 하늘을 향하여 던졌더니 오리가 날아가서 현재의 터에 내려앉았다. 의상은 그 자리에 암자를 짓고 오리가 앉은 자리라 하여 압곡암이라 이름 지었다고 한다. 깊숙한 골짜기에 자리하여 천혜의 요새와 같은 곳이다. 오고 가는 길이 험하고 운치가 있다. "들리듯/ 끊어진 듯"한 곳이어서 "오는 듯이 스쳐"간다. "문밖엔/ 솔바람 소리// 물소리에 산새 소리만" 들리는 곳이기에 "정토가/ 따로 없"다. "끓고 있는/ 다향 천리"가 그것을 잘 말해주고 있다. 특히 산방 문門의 안과 밖을 경계로 '자연과 인간', '동적인 것과 정적인 것', '청각과 후각', '차가움과 따스함'을 대조적 부각하고 있다. 또 이 순간을 정토세계라고 말해 격조를 높인 다음, 다향천리茶香千里라며 마무리하는 기법 또한 시조의 유장한 맛을 살리는데 기여하고 있다.

흰 구름 살풋 벗고
차오르는 새 달 하나
월명스님 밤 피리에 가던 길을 멈추었지
둥그레
차오르는 배
새댁처럼 만지면서

이슥해진 신라의 밤
뉘 집에 왔나, 처용랑
휘영청 달빛 아래 덩실덩실 춤을 췄지
인간사
삼재팔난을
춤사위로 떨칠 듯이

또다시 천년 세월
다시 찾은 신라의 밤
월명스님 처용랑도 넘지 못한 그 천년을
한가득
달빛에 담는
동궁 앞 월지 호반

–「서라벌의 밤」 전문

천 년의 바람결과 이끼 낀 시간들이
목섬 바위틈에 속앓이 하고 있을 때

삼천포, 유년 추억을
그 분 불러 들었지

…어물전 간 어매를 문지방에서 기다린 밤
토닥이던 누이 두 눈 눈물 방울 마를 즈음

비릿한 울 어매 체온 헌 양철문 밀쳤었지

문설주에 기대인 채 울다 잠든 동생 얼굴
달 그림자 등지고서 타인처럼 내려 보며
말 없던, 어매 속마음은 참말로 어땠을지
장사 끝에 남은 고기 부뚜막에 놓으시고
고기 눈처럼…에서, 말을 잇지 못했던 그

까만 밤, 시인별 되어
어두운 밤길 밝히겠지

태곳적 밤물결은 자맥질을 아직하고
어시장 좌판 위에 썰어지는 천 년 시간

천 년을 시에 찍었던
그가 지금 그리운 밤

－「천년의 바람」 전문

그의 시선은 이제 고향 산자락을 벗어나 「서라벌의 밤」에 이르고 있다. 경주 동궁과 월지다. "흰 구름 살풋 벗고/ 차오르는 새 달 하나"가 "월명스님 밤 피리에 가던 길을 멈추었"고, "둥그레/ 차오르는 배/ 새댁처럼 만지"는 것을 본다. 아주 오래 전 "이슥해진 신라의 밤/ 뉘 집에 왔나, 처용랑"

이라면서 처용을 등장시켜 "휘영청 달빛 아래 덩실덩실 춤을 췄"던 것을 떠올린다. "인간사/ 삼재팔난을/ 춤사위로 떨칠 듯"하던 춤이었다. "또다시 천년 세월/ 다시 찾은 신라의 밤"에 "월명스님 처용랑도 넘지 못한 그 천년을/ 한가득/ 달빛에 담는/ 동궁 앞 월지 호반"을 이윽히 바라보면서 유유자적 서라벌 밤의 풍류를 즐기고 있다. 역사의 수레바퀴는 끊임없이 돌아가고 옛사람의 자취는 희미한데 처용랑도 월명스님도 아닌 시의 화자는 또 다른 감회에 젖는다. 혼자서 어둠 속에서 새로운 춤사위를 밤하늘 달에게 보여주었는지도 모를 일이다.

노산공원에서 박재삼 선생을 그리며, 「천년의 바람」은 시작된다. 가난으로 힘겹게 살다 간 유년시절 박재삼 시인을 떠올린 시편이다. "천년의 바람결과 이끼 낀 시간들이/ 목섬 바위틈에 속앓이 하고 있을 때// 삼천포, 유년 추억을/ 그 분 불러 들었"다. "…어물전 간 어매를 문지방에서 기다린 밤/ 토닥이던 누이 두 눈 눈물방울 마를 즈음/ 비릿한 울 어매 체온 헌 양철문 밀쳤"던 것을 기억하면서. 그리고 "문설주에 기대인 채 울다 잠든 동생 얼굴/ 달그림자 등지고서 타인처럼 내려 보며/ 말 없던, 어매 속마음은 참말로 어땠을"까도 생각해 본다. "장사 끝에 남은 고기 부뚜막에 놓으시고/ 고기 눈처럼…에서, 말을 잇지 못했던 그"는 "까만 밤, 시인별 되어/ 어두운 밤길 밝"힐 것이라고 상상한다. 이는 설매실에서 성장한 시인이 삼천포에서 가난 속에서 힘겨운 시절을 보낸 박재삼 시인의 삶과 문학세계에 대한 깊은 공감에서 비롯된 시편이라는 것을 쉽게 알 수 있다. 또한 "태곳적 밤물결은 자맥질을 아직 하고/ 어시장 좌판 위에 썰어지는 천년 시간"을 떠올리면서 "천년을 시에 찍었던/ 그가 지금 그리운 밤"을 보내며 시의 화자는 박재삼 선생의 일생과 그가 남긴 명편들을 기억하면서 깊은 생각에 잠긴다. 시인은 가도 그의 시는 남아 불후한다. 불멸을 향해 끝없이 나아간다.

일상이 힘에 겨워 벽이라 느껴질 땐
시간을 쉬게 하고 가파도행 배를 타자
윤사월 햇살이 걸린
뱃머리에 몸을 싣자

가고파 가고파서 찾아온 섬 가파도
수많은 인파들 속 나만 홀로 뒤처져도
선선히 길 내어주며
맞아주는 작은 섬

가파서 가파른 삶 쟁여둔 상처까지
봄 바다가 전해주는 해풍에 씻기는 곳
바다향 오롯이 스민
밭머리도 내어준 섬

연둣빛 청보리밭 넘실대는 일렁임
홀로 꿋꿋해지며 함께 성숙할 당신
속부터 누렇게 익는
청보리를 닮는 그대

–「가파도 청보리밭」 전문

수평선 위 긴 햇살 여정을 풀어내면
이제는 정녕 그대 침묵이 필요한 시간
버얼건 항아리 하나
출렁출렁 눕는다

풀지 못한 사연도 묵은 애련조차도
가만히 감싸안고 떠나보내야 할 시간
두둥실 낙조를 품고
저 너머로 눕는 너울

한담해변 향하던 길손도 끊어진 밤
시간을 삭혀내는 밤바다의 숨결 소리
곽지리, 밤 유채꽃도
절대 고독 배운다

–「곽지리 낙조, 그리고 밤바다」 전문

인고의 긴 시간을 삭혀내지 못하여

돌아온 달빛 바다 애월리의 밤바다
넉넉히 어둠에 젖는
사랑을 품은 바다

달빛은 달빛대로 날빛은 날빛대로
간간이 찾아드는 비바람에 해일까지
한없이, 품고 또 품은
관용을 아는 바다

한바탕 가면극에 가슴 졸인 거리두기
마음조차 얼어붙어 등을 돌린 군상까지
가만히, 다독여 주는
연민을 아는 바다

일상에 휘둘리고 세파에 밀려온 날
내밀한 속내까지 눈감아 준 밤바다
조용히 바다를 안고
애월리에 눕는 밤

—「애월리 밤바다」 전문

이제 그의 시선은 바다 건너로 가 있다. 현재의 고통과 외로움을 극복하고 삶을 충전해 줄 충만한 공간인 제주도를 향해 여정을 떠나게 된다. 섬의 첫 행선지는 제주도 남쪽 「가파도 청보리밭」이다. "일상이 힘에 겨워 벽이라 느껴질 땐/ 시간을 쉬게 하고 가파도행 배를 타자"라면서 "윤사월 햇살이 걸린/ 뱃머리에 몸을 싣자"고 한다. 그곳은 "가고파 가고파서 찾아온 섬 가파도"여서, "수많은 인파들 속 나만 홀로 뒤처져도/ 선선히 길 내어주며/ 맞아주는 작은 섬"이어서 좋은 곳이다. 그리고 "가파서 가파른 삶 쟁여둔 상처까지/ 봄 바다가 전해주는 해풍에 씻기는 곳"이자 "바다향 오롯이 스민/ 밭머리도 내어준 섬"이다. "연둣빛 청보리밭 넘실대는 일렁임"은 가슴을 무장 뛰게 하고 "홀로 꼿꼿해지며 함께 성숙할 당신"이 있어 "속부터 누렇게 익는/ 청보리를 닮는" 섬이다. 이렇게 현실의 힘겨움을 달래줄 장소로 제주도 가파도는 화자에게 큰 위로를 안겨주고 있다. 여기서 시인은 '홀로 꼿꼿해지며 누렇게 성숙할 당신'이라는 말을 통해 독자를 위로하고 있다. 또 '가고파 가고파서', '가파서 가파른'의 음악적 운율감도 읽는 맛을 더해준다.

「애월리 밤바다」는 또 다른 감회를 노래하고 있다. "인고의 긴 시간을 삭혀내지 못하여/ 돌아온 달빛 바다 애월리의 밤바다"는 "넉넉히 어둠에 젖는/ 사랑을 품은 바다"라고 보고 있다.

제주 바다 중에 특히 애월 바다는 아름다워서 많은 시인들이 시로 읊었다. 그곳은 "달빛은 달빛대로 날빛은 날빛대로/ 간간히 찾아드는 비바람에 해일까지/ 한없이, 품고 또 품은/ 관용을 아는 바다"여서 그럴까? "한바탕 가면극에 가슴 졸인 거리두기/ 마음조차 얼어붙어 등을 돌린 군상까지/ 가만히, 다독여 주는/ 연민을 아는 바다"여서 그럴까? 코로나19와 같은 힘겨움조차도 애월리 바다가 다독여 줄 것이라는 믿음을 굳게 가지고 있다. 실로 "일상에 휘둘리고 세파에 밀려온 날/ 내밀한 속내까지 눈감아 준 밤바다"여서 화자는 "조용히 바다를 안고/ 애월리에 눕는"다. 어쩌면 그 밤은 그의 생애에서 가장 황홀한 밤이었을 것이다.

3.

이상으로 김덕현 시인의 첫 시조집 『한티재, 꽃 피다』를 살폈다. 『동국여지승람』같은 그의 시 세계는 특별한 이야기이자 소중한 개인 창작 기록물로서 우리의 보편적인 삶과 직결되어 있다. 그 누구도 이와 같은 정황과 동떨어져 있지 않다. "향수에 근원을 둔 향토적 상상력의 보고"는 오늘의 그를 있게 한 든든한 토양이다. 한티재를 중심으로 예전처럼 지금도 싱그러운 바람은 불고 있다. 솔향기, 풀냄새, 벌레 울음, 새소리, 물소리도 들려온다. 세월 따라 사람이 바뀌거나 달라졌을 뿐 원초적인 분위기는 옛날 그대로다. 교통이 더 편리해지고 길이 잘 닦이고 사는 집들이 큰 변화를 가져왔지만 자연은 크게 달라지지 않았다. 해묵은 돌담과 더불어 고향 정취가 곳곳에 산재해 있다.

그는 내밀한 경험과 갖가지 다채로운 스토리를 바탕으로 사람 사는 이야기를 잔잔히 펼치면서 토포필리아와 바이오필리아의 세계가 여전히 사람의 심금을 울리고 있는 것을 실증해 보였다. 그리고 책 끝에 마련된 작품 이해를 돕는 "창작 배경 스케치"라는 제목의 산문을 읽는 재미도 적지 않을 것이다. 감칠맛 나는 흥미진진한 글이기 때문이다.

이제 이러한 단단한 축성을 바탕으로 또 한 번 새로운 시 세계를 활짝 여는 귀한 계기가 되었으면 한다. 바라건대 부단한 궁구와 천착으로 큰 성취 있기를 소망하며, 첫 시조집 『한티재, 꽃 피다』의 상재를 경하하는 바이다.

창작 배경 스케치

팔공산 북쪽 군위 한밤마을과
설매실에서 확대되는
시적 공간은 한국인 모두에게
적용되는 근원적인 고향의
원형을 제공해 줄 수 있다.

창작 배경 스케치

1. 스케치에 들어가며

창작 배경 스케치를 마련한 것은 한티재라는 특정 공간을 중심으로 창작된 작품 이해에 필요한 배경지식을 제공하기 위함이다. 이를 통해 독자들이 작품에 쉽게 다가서고 자신의 경험과 연계하여 공감의 폭을 넓히는데 도움을 드리고자 한다.

전체적으로 작품 배치는 주어진 작품간 독자들이 읽기 편리하도록 가급적 서사적인 흐름을 고려하여 배열하였다. 그 속에 공간 배경도 한티재 내부에서 외부 여정으로 확대되는 형식을 취하였다. 개별 작품 이해를 위한 많은 주석을 제공하는 것이 오히려 상상 공간을 축소시킬 수 있기 때문에 최소한의 정보만 제공하였다. 생략된 부분은 독자들의 몫으로 넘기니 자신의 경험과 상상력으로 채워가며 읽었으면 좋겠다.

2. 고향의 원형 공간, 한티재

사람들은 추억의 시간에 목말라 한다. 시인 또한 처음 겪는 새로움보다 이전을 반추해 보는데 익숙하다. T.S.엘리어트가 말한 '시인의 임무는 새 정서를 찾는 것이 아니라 보편적인 정서를 활용하는 것'이라는 말에 공감하는 것도 그 때문이다.

고향이란 사라진 과거의 시간이 아니라 현재 속에 함께하는 충만한 기억이면서, 현재의 고통과 외로움을 극복하게 하는 공간이다. 팔공산 북쪽 부계 설매실(매곡리)*과 외가인 한밤마을은 유소년 시절 시인 개인이 경험한 공간이지만 범위를 넓혀 보면, 한국인 모두에게 적용되는 고향의 보편적인 원형archetype이 될 수 있는 공간이다.

이러한 마을과 사람들을 품고 있는 한티재는 신화적 위엄을 간직한 민족의 영산靈山인 팔공산**에서 뻗어나온 가

---

* 군위군 부계면 매곡동은 현재 행정구역이 변경되어 효령면 매곡리로 되었다. 당시 천년 고을 한밤마을 쪽에서는 그 반대편에 있는 매곡리, 고곡리를 통틀어 설매실 또는 설매곡(골)으로 명명한 것으로 보인다. 이 시집에 사용하는 매곡리는 문학성과 옛이름 살리기 차원에서 설매실로 통일하여 부르기로 한다.

** 팔공산은 신라시대 오악(五岳)으로 불린 명산영악(名山靈岳)으로 경북 남부와 대구시의 5개 시군에 걸친 도립공원으로 가장 높은 비로봉 정상(1,193m)은 신라시대 하늘에 제사 지내던 천제단(天祭壇)이었다. 비로봉의 행정구역은 군위군 부계면 동산리 산73번지이다.

장 큰 고개 이름이다. 최근 한티재 허리춤을 뚫은 팔공산 터널 개통은 문명의 위력을 실감하게 했다. 한티재 아래에서 부계 남산리 갓골로 이르는 길은 '한국의 아름다운 길 100'에 선정되었고 자전거 동호인들로부터 최고의 인기 코스라는 명성도 얻었다.

그러나 아이러니하게도 명소로 지정되어 사람들이 많이 찾을수록, 접근성이 좋아질수록 한티재 사람들의 생생한 기억과 삶의 신화神話는 더욱 자취를 감춰가고 있다. 우리 현대인들의 고통과 외로움을 극복하게 할 마음의 고향이 사라지고 있는 것이다.

3. 한티재 아래, 한밤 마을

누가 '그리움은 산 뒤에 있다'고 했던가. 외적 공간에서 바라보는 팔공산 너머 한밤마을과 설매실은 그리움의 공간이며, 반대로 이들 공간 안에 머물렀던 유년시절에 바라본 한티재 밖의 세상은 늘 동경의 대상이었다.

엘리아데Mircea Eliade의 논리를 적용하면 시인에게 한티재 아랫마을은 단순히 태어나고 자란 고향만을 뜻하는 것이 아니다. 그 옛날 한티재 아래 공간은 신화의 원천이 되며, 이제는 떠날 수밖에 없었던 공간이었기에 더욱 성스러운 장소가 되었다. 이곳은 하늘과 땅이 만나는 소우주이자 과거의 시간이 재생되고 존재의 원형이 영원히 완성되는 공간으로 볼 수 있다.

존재의 원형이 완성되는 공간을 처음 본향으로 만든 사람들은 고려 전기 처음 발을 들인 부림 홍씨缶林 洪氏들이었다. 군위군 부계면 남산리에 있는 '한티 첫 동네, 갖골마을'은 부계면에서 가장 외곽에 위치하여 갖골, 각골, 지곡枝谷으로 불렸다. 그 위세는 양산서원陽山書院과 노거수들이 말해 주고 있다. 이곳에서 신리(동산), 한밤(대율)에 이르는 한밤분지*는 밝은 햇살이 들며, 땅의 형세形勢가 흡사 긴 장구 모양, 또는 어머니 뱃속 같은 특별한 모양을 하고 있다. 외부에서는 이 한밤 분지 안에 있는 마을을 통틀어 한밤마을로 부르기도 한다.

이곳은 고즈넉한 돌담길, 남천고택, 대청으로 내륙의 제주도라고 불리는 전통 민속마을로 명성을 얻어 가고 있다. 여기에 동산계곡, 팔공산 비로봉 정상 탐방로, 양산서원, 군위삼존석굴(제2석굴암), 한티재로 이어지는 정신적 공간이 어우러져 복잡한 도시 생활에 찌든 사람들에게 여유를 제공하는 문화체험지가 되었다.

4. 눈매화꽃 피는 마을, 설매실

팔공산 한티재 북쪽 마을 설매실은 참으로 추운 곳이었

---

* 한밤(大栗)의 지명유래는 팔공산 북쪽 산자락에 바짝 붙어 '밤이 길다'는 의미로 대야(大夜, 一夜)로 지었다가 대율로 굳어졌다는 것이 정설이다. '부림 홍씨'들이 처음 남산리 갖골에 정착하여 동산리, 대율리까지 넓게 집성촌을 이루었는데 이런 까닭으로 '한밤 홍씨', '부계 홍씨'로도 불린다.

다. 농촌이면서 산촌 같은 마을, 특히 겨울에는 온 마을이 설국雪國이었던 날이 많았다.* 한밤분지 마을이나, 그 건너편 설매실에서 보면 한티재는 도회지로 넘나드는 지름길이었다. 이름처럼 '가장 높은 고개'여서 겨울 눈이 쌓인 날이면 고립감과 외로움은 더욱 커질 수밖에 없는 지역이었다.

설매실은 당시 행정구역으로는 같은 부계면에 속했지만, 한티재 아래 첫마을인 갖골枝谷이나 한밤마을에서는 거리가 있고 가운데 산이 막혀 단절된 지역처럼 느껴진다.**

이곳 주변이 특별한 점은 이 지역에서 매화는 구경조차 어려운데 '매화'가 들어간 지명이 유독 많다는 점이다.*** 설매실이란 이름은 '겨우내 계곡마다 녹지 않은 눈의 모습이 흡사 고매한 매화꽃 같다'는 뜻인 '매곡梅谷 또는 설매곡雪梅谷'이라는 지명 유래****에서 그 근거를 찾을 수 있다. 이곳 사람들의 봄을 기다리는 마음이 얼마나 컸는지, 군자君子의 꽃인 매화에 대한 그리움이 어느 정도였는지 알 수 있는 이름이다.

---

* 이 지역은 이러한 기후 특성으로 경북 사과 주산지이며 고랭지 채소가 많이 재배되었다.

** 이후 한티재 반대 방향인 북쪽에서 계곡을 따라 진입하는 도로가 개설되면서 한티재를 이용하여 대도시로 나가는 횟수는 점점 줄어들었고, 1983년에는 도로 중심으로 부계면 설매실이 효령면에 편입되어 분리되었다.

*** 거매, 금매, 매곡, 설매골, 노매실, 신매실, 설매실, 매봉산 등

**** '실'은 한자 '곡谷'의 순우리말이다. 그 예는 지역내 오실(梧谷), 한실(大谷), 화실(花谷), 신매실(新梅谷), 노매실(老梅谷) 등의 지명에서 쉽게 확인된다.

여기에 맑은 비단을 늘어뜨린 듯한 시냇물이 설매실 마을 건너편 산자락을 따라 흐른다. 사청이내(사창천)*는 발원지에서는 그 모습을 제대로 나타내지 않다가 설매실이 시작되는 독골마을 가까이 오면 비로소 시냇물다운 모습을 보여준다. 이어 수동, 상평, 점말 마을을 거치면서 세모산 까치골과 가마골(부곡) 등 인접한 산 계곡물과 상평마을 뒤쪽 귓골, 오숫골 저수지에서 흐른 들녘의 물이 합류하여 나름 보기 좋은 강을 이룬다.

그리고 설매실 상평마을 입구에는 보호수로 지정된 3백 년이 넘는 느티나무 노거수가 마을의 수호신 역할을 하면서 오가는 이를 반기고 있고, 마을 뒷산 대숲을 등지고 있는 의성 김씨 재실인 영모재永慕齋는 마을의 정신적 깊이를 알게 한다.

이러한 설매실의 자연 환경과 정신 공간은 이곳 사람들에게 문학적 감수성과 상상력을 듬뿍듬뿍 제공하였다.** '설매꽃 마을, 매곡리'를 비롯한 관련 시편들은 한티재 아래 설매실 마을에서 다독다독 정을 나누며 살아가는 사람들, 찬

---

* 사창천(社倉川)은 칠곡군 가산면 가산리에서 발원한 후 북쪽으로 길게 흘러 남천(南川), 위천(渭川)과 합류하여 낙동강으로 유입하는 하천이다. 『한국지명총람』과 현재 행정 명칭에는 사창천(社倉川)으로 기록되어 있지만 현지인들의 발음 현실을 존중하고 문학적 효과를 위해 이 시집에서는 '사청이 또는 사청이내'로 명명한다.

** 현재 상평마을 건너편의 세모산(일명 밀개산)은 채석상이 들어와 등경바위 전설을 간직한 산 하나가 통째로 사라지고 있다.

눈도 따뜻하게 부빌 수 있는 설매실 이웃들의 모습을 그리고자 한 작품이다.

5. 찬 바람이 스며도, 꽃물 드는 곳

한티재 안의 사람이든 그 재를 넘은 사람이든 인간적 삶의 애환, 갈등과 번민 등을 피해 갈 수는 없다. 신화적 공간이든 현실의 공간이든 그 고개를 넘어야 하는 것이 인간이다. 현실에서 겪는 힘겨움은 환멸이나 회피의 공간이 아니라 극복의 대상이다.

유년시절 한티재 아래 설매실과 한밤마을은 성장의 공간이었지만, 이제는 떠남과 그리움의 공간이 되었다. 그렇지만 한티재는 가슴에 남아 시련이 있을 때마다 극복 가능한 높이로 함께 하고 있다.

소년의 눈으로 바라보았던, '외할머니 손에 키워지는 외로운 그 소녀'는 지금 어느 하늘 아래 살아갈까? 분명 한티재 아래 추억이 자양분이 되어 (추억을 그리며) 멋지게 살아갈 것이라는 믿음을 가져 본다. 또 온 가족을 떠나보내고 개발로 몸살을 앓고 있는 '귓골 다랑논', 채석장으로 사라지는 '둘겅바위'는 가슴속의 고향까지 잃는 듯해 마음이 아리다. 그렇지만 '화본리 고인돌'에 나오는 시지프스처럼 현실을 깨닫고 애환을 꿋꿋하게 잘 극복해 나가리라 믿는다. 고향을 떠나 도시인으로 살아가는 현대인들 또한 넘어야 하는 고개가 만만치 않지만, 고향은 긍정적 공감으로서 현실을 극복하게 하는 묘약이 되어 애환의 고개를 멋지게 넘어서게 할 것이다.

인간으로서 운명적 한계를 벗어날 수 없지만, 끊임없이 현실에 긍정적으로 반응하면서 갈등을 질서화하는 인간이야말로 행복을 꽃피우고 이웃을 아름답게 꽃물 들게 할 수 있지 않을까? 흔들리지 않고 피는 꽃이 없다고 했듯이…. 그런 의미에서 4부에서는 꽃과 생동하는 자연을 통해 사랑과 그 의미를 찾아가는 현대인의 모습을 담고자 하였다.

6. 팔공산 북쪽 문화를 품은 군위

팔공산 북쪽 지역인 군위는 대구와 인접하면서도 오지로 분류되었다. 그렇지만 근래 '삼국유사의 고장'이라는 이름으로 소외지역에서 벗어나 힐링과 치유 공간으로 자리잡아 가고 있다. 오지의 문화를 오롯이 간직하여 영화 촬영지로도 각광을 받고 있으며 대구시민들에게는 친근한 휴식 장소를 제공하고 있다.

군위군에 속한 비로봉(1,193m)은 팔공산 최고봉이다. 군에서는 일반인들의 접근을 허용하지 않던 이곳을 '하늘공원'과 '원효 구도의 길'로 조성하여 부계면 동산계곡을 따라 쉽게 접근할 수 있도록 하였다.* 행정구역은 섞이지만 영험

* 1960년대 팔공산 공산성(고려 때 축조) 터에 군부대가 자리잡으면서 비로봉 출입이 통제되었다. 유년시절 바로봉 정상의 원통형 은빛 구조물에 대한 궁금증이 컸는데 성장하면서 공군기지라는 사실을 알았다.

의 상징인 갓바위, 동화사, 파계사, 부인사, 은해사, 송림사 등도 결국 군위 비로봉 아래 불교 문화권에 묶인다. 이뿐만 아니라 군위에는 석굴암의 모태가 된 군위삼존석굴, 모전석탑, 오도암, 인각사, 압곡사, 지보사 등 불교 문화가 얼마나 융성했는지를 말해준다.

팔공산 정상 가까운 지점엔 청운대(1,122m)가 있고, 그 절벽 아래 원효대사가 득도한 오도암悟道庵이 있다. 이곳에서 원효대사가 당나라 유학을 접고 6년간 머물며 득도했다고 전해지는데 이 오도암의 뒤편 절벽에는 원효굴이 있다. 또 원효굴 바로 옆에는 한 사람이 겨우 앉을 수 있는 좌선대가 있는데, 이 역시 원효대사가 앉아 수도한 곳으로 전해진다.

모두 나열할 수는 없지만, 이렇듯 문학적 감수성을 자극하는 신화적 요소와 불교 설화가 곳곳에 널려 있는 팔공산, 이런 환경의 영향을 받아 일연선사一然禪師께서 『삼국유사』에 설화적 이야기 등을 과감히 수용할 수 있지 않았을까, 라는 추측도 해 볼 만하다.

한편, 설매실 옆 마을인 군위군 효령면 장군리에 위치한 효령사(장군당)는 나름 특색을 보여준다. 마을 지명의 유래가 된 이 사당은 신라가 삼국통일을 위해 김유신 장군이 병력을 이끌고 이곳에 주둔한 후 만들어졌는데, 이곳 주민들이 김유신, 소열, 이무 장군을 추모하기 위해 건립해서 현재까지 이어지고 있다. 이를 바탕으로 삼국통일은 실질적으로 효령면 장군리에서 출발한 것으로 주장하는 학자도 있다. 그는 일통삼한의 중심에 군위 장군봉이 있고 그 정상에 장군당이 있기 때문이라고 그 근거를 제시하고 있다. 실제 팔공산이 신라시대 김유신 장군이 통일 구상을 하면서 수행한 곳이었다는 기록은 군데군데 전해지고 있다.*

이러한 설을 모두 확신할 수 없지만 분명한 것은 군위軍威라는 지명이 군대와 관련이 많음은 다시금 확인할 수 있다. 이에 더해 왕건의 군사가 이 곳을 지나가는 위세威勢가 대단했다는 데서 지명이 생겼다는 설도 있다. 그런데 지명의 영향인지는 알 수 없지만 이곳 사람들은 부드럽지만 곧은 기개氣槪가 있다는 점 만큼은 대체로 인정을 받고 있다.

이와 함께 군위는 가톨릭과 밀접한 지역이다. 관내에 있는 김수환 추기경 생가, 사랑과 나눔공원, 한티순교성지, 공원묘원 등을 보면 금방 알 수 있다. 한티재 아래 '한티숯골 득명리得明里'는 19세기 초부터 가톨릭 신자들이 옹기와 숯을 구우면서 은거했던 신앙촌이었다. 그렇지만 병인박해 등으로 처형당한 37인의 순교자가 모셔진 신성하면서도 가슴

---

* 김유신 관련으로는 팔공산 비로봉 아래 원효굴(일명 서당굴)은 실제 원효대사보다 20여년 연상인 김유신 장군이 먼저 수도한 곳으로 전해지며, 삼국통일의 염원을 담아 기도하며 마신 바위틈의 샘물을 이후 사람들은 '장군수(將軍水)'라 부르고 있다. 또한 효령면 거매리(巨梅里) 동편에 윷판처럼 생긴 바위가 있는데 김유신 장군이 윷을 놀고 간 손가락 흔석이 있다고 하여 그 바위를 유판지라고 하며, 윷을 놀다 그가 백마를 타고 한 번에 뛰어 닿은 곳이 '장군리(將軍里)'라고 한다는 등 장군에 대한 설화가 널려 있다.

아픈 이야기를 간직한 공간이다.

군위는 오지라고 말하지만 한티재 마을과 달리 읍내까지 확대해 보면 다양한 문화가 소리없이 융합하는 공간이기도 했다. 1920년 선교사 헤스 롭씨에 의한 동양선교회 복음전도관이 첫 복음의 씨를 뿌려 100년을 넘긴 군위교회 건물도 그 근거가 된다. 이로써 군위는 토속신앙, 불교, 유교*, 동학**에 가톨릭, 기독교 문화가 공존했던 특별한 지역임을 확인할 수 있다.

멀지 않은 군위군 용대리 옹기골은 김수환 추기경께서 가난 속에 유년 시절을 보낸 곳이다. 현재 김수환 추기경 생가 복원과 함께 '사랑과 나눔공원'이 조성되어 많은 이들이 찾고 있다.

생가 툇마루에 앉으면 팔공산으로 가로막힌 산 너머 세

---

* 한밤마을이 지금처럼 부림 홍씨 중심의 유교적인 성격이 강하게 된 것은 경재공 홍로(洪魯)가 정몽주의 문하사인(門下舍人)을 지내다가 충신불사이군(忠臣不事二君)이라는 이유로 부친이 계시는 이곳으로 낙향한 것과 관련된다. 그는 한밤이란 지명을 대율(大栗) 또는 율리(栗里)로 명명하였고, 그로 인해 백이숙제의 고사와 연결된 멀뫼, 양산이란 명칭과 함께 양산서원, 척사정이 지어졌다. 범위를 넓혀 보면 유교 문화재는 군위향교, 의흥향교, 남계서원, 북산서원, 제동서원 등 수없이 많다. 그렇지만 경북 북부의 유교문화가 얼마나 강한 지는 언급이 필요치 않기에 별도 설명은 생략한다.

** 동학과 관련된 내용은 신석찬의 『창계실기(蒼溪實記)』 등의 문헌에서 확인할 수 있다.

상을 끊임없이 동경한 추기경의 유년 시절이 겹쳐 보인다.* 한티재 쪽을 바라보며 '한밝솔 닮은 사람'이 되고자 했던 유년의 소망은 당시 이곳 아이들의 보편적 행동이었는지도 모른다. 이러한 미지 세계에 대한 동경이 그를 큰 사랑의 실천자로 우뚝 서게 했을 것이다. 지금도 이곳에서 성장한 사람들 가슴속엔 밝은 햇살을 받는 청청한 기개를 가진 으뜸 소나무를 닮고자 한 '한밝솔 정신'은 살아 숨 쉬고 있다.

7. 행복한 여정을 위하여

애초에 땅 위에 길이란 없었다. 지나가는 사람들이 늘어나면서 길은 만들어지는 것이다. 한티재를 오르내리는 길은 그동안 그 아래 마을 사람들의 이야기를 전파하고, 도회지 이야기를 전해주는 역할을 했다.

> 길은 어디로든 나를 데려가더라도
>
> 거기 언제나 화덕에 불은 타고 있었다.

이 헤르만 헤세Hermann Hesse의 시구와 같이 '화덕의 불'은 따뜻하여 어느 길이든 생명의 온기를 느끼게 해 주는 삶의 원천이 아니던가. 현실이 힘들다 하더라도 그 길엔 화덕

---

* 정채봉 원작의 영화 「저 산 너머」(최종태 감독)에는 군위 용기골에서 새로운 세계를 동경한 김수환 추기경의 유년시절이 생생하게 그려져 있다.

의 불이 피어나고 있기에 행복한 떠남이 가능하다. 유년시절 끊임없이 밀어올린 한티재가 가슴에 남아 작용하고 있기 때문이리라.

한티재는 그 고개 높이가 두 공간을 차단하는 것이 아니라 서로 넘나드는 길이라는 것을 알려주었다. 우리의 삶의 여정도 차단된 것이 아니라 많은 부침浮沈은 있겠지만 소통하고 슬기롭게 극복하며 나아가는 길이다. 제5부는 앞 장에서 미쳐 수용하지 못한 한티재 너머 삶의 모습을 지역과 행선지를 고려하여 '한티재 너머, 길에게 말 걸기'라는 이름으로 배치하였다. 여러분들이 나아갈 공간적 여정과 정서적 삶의 공간 자체가 꽃길이 되었으면 하는 바람이다.

8. 스케치를 마치며

시인의 유소년 시절, 한티재 설매실 마을 중심의 개인 경험을 통해 독자들의 고향 추억과 정서적 교감을 하고자 했다. 이를 통해 한 시대를 살아가는 사람들이 유사하게 겪는 삶의 원형을 공유하고자 하였다. 시인은 실존적 준거인 고향과 결별하고 살아가는 근대적 자아의 운명인 고독의 치유 장소가 바로 고향이라고 보았기 때문이다. 현대인에게 고향은 사라진 과거의 공간이 아니라, 현재 속에 살아있는 충만한 공간으로 삶의 애환과 코로나19 등 힘든 현실을 극복하게 하는 내적 기재로 작용하리라 믿는다.

순수문학이 다양한 매체에 밀려 대중의 관심에서 멀어져

가는 시대지만, 잊혀 가는 고향 추억을 가장 전통적인 시조의 형식에 담아 표현하고 싶었다. 이 과정에서 시조의 원심력과 구심력을 진지하게 고민하게 되었다. 특히 문학교육 연구자 입장에서 독자의 수용 가능한 범위를 고려하지 않을 수 없었다. 이러한 과정을 거쳐 현대시조가 문학교육 현장에서 가장 수용되기 쉽도록 작품을 구성하고, 수용자 입장에서 행 배열을 하고 쉼표도 적절히 사용하였다. 그렇지만 전통 장르로서 효과를 살리면서 다양한 수용자의 시적 공감력을 어떻게 높일까라는 고민은 오랜 숙제로 남았다.

추억은 더 이상 회색빛이 아니다. 과거의 빛바랜 시간이 아니라 초록 기쁨이 넘실대는 설렘이 있는 추억이어야 한다. 시인은 힘겹게 현실을 살아가는 사람들에게 활력의 충전소인 마음의 고향을 찾아 주고자 이 시집을 세상에 내민다. 책을 펼친 분들 모두 현재 발 디딘 삶의 여정이 꽃으로 물들기를 기원하며, 이 시집을 빛나게 해주신 분들께 "덕분입니다"라는 말씀을 드리며 펜을 멈춘다.